고양이가
우리를
지배한다면

고양이가 우리를 지배한다면

서해문집 청소년문학 042

초판 1쇄 발행 2026년 2월 20일

지은이      한정영
펴낸이      이영선
책임편집    김종훈

편집        이일규 김선정 김문정 김종훈 이현정 조유진
디자인      김회량 위수연
독자본부    김일신 손미경 정혜영 김연수 김민수 박정래 김인환

펴낸곳 서해문집 | 출판등록 1989년 3월 16일(제406-2005-000047호)
주소 경기도 파주시 광인사길 217(파주출판도시)
전화 (031)955-7470 | 팩스 (031)955-7469
홈페이지 www.booksea.co.kr | 이메일 shmj21@hanmail.net


ISBN  979-11-94413-89-9  43810

서해문집
청소년문학
042

# 고양이가 우리를 지배한다면

한정영 장편소설

서해문집

| 차례 |

당신은

고립

되었습니다

혹시 꿈을 꾼 것은 아닐까. 그게 아니라면 종일 돌풍과 소나기 때문에 마음이 복잡해져 헛것을 보았던지. 하지만 아직도 귓가에 남아 있는 짐승들의 울부짖음은 어찌 설명할까. 저희끼리 목덜미를 물어뜯고 피를 흘리던 잔상도 여전한데….

그런 광경은 처음이었다. 아빠의 동물병원 뒷문에서 불과 백여 미터 떨어진 근린공원 울타리 부근이었다. 폭풍이 한차례 지나갔는데도 뒷산에서 내려온 밤꽃 향기가 공원에도 가득했다. 근처에 사는 길고양이들에게 사료를 나누어 주려던 참인데, 공원 울타리 한쪽에서 고양이들의 날카로운 비명이 연거푸 들렸다. 디안은 반사적으로 전기 무빙 보드의 방향을 바꾸었다.

철망으로 동서를 가로지른 담장 너머 화단 언덕에서 열댓 마리의 고양이가 뒤엉켜 싸우고 있었다. 아니, 그건 싸움이 아니었다.

예닐곱 마리의 고양이가 무서운 기세로 세 마리의 고양이를 잔혹하게 물어뜯고 있었다. 목덜미를, 뱃가죽을, 그리고 뒷다리를. 도망치려 하면 달려와 사정없이 할퀴고 바닥에 자빠뜨리고 짓밟았다. 가로등 불빛이 멀리 있어 다행이란 생각이 들었다. 대낮에 보았다면 더 끔찍했을지도 몰랐다.

디안은 나팔꽃 줄기가 뻗어 있는 담장을 차마 넘어가지 못했다. 대신 바이오 워치의 응급 신호 버튼을 눌러 아빠를 불렀다. 5분 만에 아빠가 도착했지만, 그때는 이미 일방적으로 조리돌림을 당한 고양이 세 마리가 숨을 놓은 뒤였다.

"디안, 또 그 생각하는 거니?"

문득 아빠가 멍하니 어젯밤 생각에 빠져 있던 디안에게 물었다. 그제야 차창 너머의 파란 하늘이 눈에 들어왔다. 의자 깊숙이 기대어 있던 터라, 아빠의 픽업트럭이 마치 그 파란 하늘을 향해 달리고 있는 느낌이 들었다.

"어떻게 그럴 수가 있어요?"

디안은 바로 일어나 앉으며 원망하듯 말했다.

"그러게 말이다. 죽은 아이 셋 중의 하나는 보라인 듯했어. 그리고 나머지 두 마리는 새끼인 것 같았고."

"세상에! 그럼, 놈들이 한 가족을 그렇게 참혹하게…! 왜요?"

디안은 보라를 기억했다. 3년 전쯤, 아빠가 병원 주위를 떠돌던 코리안 캣에게 지어 준 이름이니까. 그래서 더 끔찍하게 느꼈는지도 모를 일이었다.

왜요, 라는 질문을 듣지 못했는지, 아빠는 한동안 말없이 운전만 했다. 디안은 어금니를 악물고 다시 앞을 향해 바로 앉았다. 나쁜 일은 빨리 잊어야지, 하면서도 썩 개운하지 않았다.

어젯밤의 일도 그랬지만, 이번에는 집에 두고 온 녀석들이 눈에 밟혔다. "칸, 네가 이 녀석들 잘 돌봐 줘야 해. 알았지? 조금만 견뎌 줘. 금방 돌아올 테니까. 저기 저 CCTV 보이지? 저걸로 항상 너를 보고 있을 테니까. 칸, 사랑해!" 디안은 아빠의 픽업트럭에 오르기 직전까지 칸에게 간절히 부탁했다. 그러자 칸은 지금의 상황을 아는지 모르는지 연신 꼬리만 흔들어 댔다. 그 바람에 털북숭이 칸의 몸 전체가 흔들거렸다. 털 속에 덮인 새까만 눈동자가 반짝거렸다. 디안은 그 너머, 네 개의 케이지를 차례로 훑었다. 모두 이삼일 전에 구조된 녀석들이었다. 강아지 두 마리와 야생 너구리와 새끼 늑대까지.

"칸이 잘 돌볼 거야. 칸이 어떤 개인데! 믿고 가자, 디안!" 아빠가 그렇게 말하지 않았다면, 디안은 결코 그 자리를 떠나지 못했을 거였다. 강아지는 그렇다 쳐도, 너구리와 늑대라니?

디안은 주먹을 꼭 쥐고 눈을 감았다가 떴다. 그리고 자동차의 앞 유리창 바깥을 바라보았다. 이미 도심을 벗어난 자동차는 직선으로 끝없이 뻗은 6차선 도로를 달리고 있었다. 평소에는 툭하면 정체되던 고속도로의 앞뒤로 자동차가 한 대도 보이지 않았다. 낮설었지만 그리 놀랄 일은 아니었다. 뉴스에서는 도시 인구의 절반이 이미 도시를 빠져나갔을 것이라 보도했다. 이미 상당수가 감염병 통제소가 설치된 도시 접경 지역으로 이동을 완료했다는 뜻이 아닐까. TV 화면으로 본 감염병 통제소 부근은 그야말로 도시를 떠나려는 사람들로 인산인해였다. 보건위생국의 인력이 부족해서 군대의 도움을 받기로 했다는 속보도 전해졌다.

디안은 고개를 돌려 양옆으로 펼쳐진 숲을 쳐다보았다. 언제나 그렇듯 숲은 깊고 평온해 보였다. 장산시에는 그런 숲이 많았다. 통일이 되기 전에도 불타산(佛陀山) 줄기가 험해서 개발이 더뎠고, 그 서쪽 끝에 자리 잡은 장산곶은 깎아지른 절벽으로 유명한 곳이었다. 물론 장산시의 이름도 장산곶에서 왔고, 그런 천혜의 자연 위에 건설된 휴양도시가 바로 장산시였다.

"휴우!"

"너무 괴로워하지 마. 도시 전체가 뒤숭숭하니 그런 일도 벌어진 거 아니겠니. 바이러스 때문에 사람도 미쳐 가는데, 동물인들 온전할 리 있겠어?"

디안의 한숨 소리를 기다렸다는 듯이 아빠가 운전대를 잡고 있던 한 손을 풀어 디안의 어깨를 토닥였다. 아빠의 말이 이해는 되었다. 장산시는 때 이른 폭우와 코로나-0528 바이러스의 창궐로 유령의 도시가 되어 버렸다. 6일 동안 쉬지 않고 내린 비 때문에 약 130명이 죽었고, 이재민만 8만 명에 이르렀다. 수천 채의 집과 건물이 물에 잠겼다. 그러나 그것은 시작에 불과했다. 폭우의 충격이 가시기도 전에 바이러스가 퍼졌고, 초기 감염자 상당수가 목숨을 잃었다.

뒤미처 수없이 많은 소문이 돌았다. 가장 끔찍한 내용은 바이러스에 감염되면 좀비처럼 변했다가 결국 고열이 온 뒤, 미쳐 버린다는 것이다. 즉시 학교가 문을 닫았고, 대중교통도 끊겼다. 일주일 만에 시 당국은 이웃 간의 왕래마저 금지했다. 밖을 나다니는 행위가 철저히 제한되었다. 그때부터 시민들은 도시를 버리기 시작했다. 첫 환자가 발생한 지 불과 4주 만이었다.

그리고 또 2주가 지난 지금, 도시는 텅텅 비어 버렸다. 그럴 만했다. 바이러스는 장산시에서만 발생했다. 지독한 폭우를 통제하지 못해서 그런 거란 소문이 떠돌았고, 보건위생국도 그것 외에는 별다른 원인을 찾을 수 없다고 발표했다.

결국 보건위생국에서는 장산고속도로 동쪽 끄트머리에 바리케이드를 설치해 도시 밖으로 나가려는 사람들을 막았다. 그런 뒤, 백신을 투여하고 임시 수용소에서 일주일 동안 격리한 뒤, 이상 없는 사람만 도시를 떠나도록 했다. 그러자 다급해진 사람들이 서쪽과 남쪽의 바다를 통해서, 혹은 북쪽의 산악지대를 통해 도시를 몰래 빠져나가려 했지만, 그때마다 도시 방위군의 검문에 막혀 되돌아왔다. 그야말로 도시는 폭풍전야인 셈이었다.

'바이러스 때문일까?'

문득 잠시나마 잊으려던 어젯밤의 생각이 다시 머릿속에 들어와 박혔다. 그래서 물었다.

"그럼, 혹시 동물도 바이러스에 감염된 걸까요?"

"글쎄다. 그럴 가능성도 있지만, 아직 보건위생국의 공식 발표는 없었어. 물론 감염이 아니더라도 사람들이 저희를 버리고 도시를 모두 떠났고, 그렇게 환경이 급격하게 바뀌니까 극도의 스트레스를 받아서 그런 일이 벌어질 수도 있어."

디안은 고개를 끄덕였다. 보건위생국에서는 절대 동물은 도시 밖으로 데려갈 수 없다고 했으므로, 버리는 수밖에 없을 터였다. 그래서 디안 역시 칸과, 심지어 부상이 심각한 동물까지 두고 와야 했다. 오래도록 사람의 손에 길러지다가 하루아침에 버려졌으니, 아무리 동물이라도 그 불안감은 말할 수 없으리라.

후유!

자꾸만 한숨이 나왔다. 그때, 왼쪽 손목에 푸른 물이 들었다. 바이오 워치의 메신저 창이 자동으로 열렸다. 그러더니 홀로그램 메시지들이 하나둘씩 허공에 날아올랐다. 학교의 같은 학습 모둠 아이들의 단체 알림방이었다.

친구들, 아직 장산시에
남아 있는 사람은 없겠지?
곧 폐쇄된다는데.

응, 대부분 탈출하지 않았을까?
아닌 게 아니라 생존 여부를
확인해 봐야겠는걸?

그런데 폐쇄라니?
그게 무슨 말이야?
그 소문이 사실이야?

그건 중요하지 않아. 지금도
감염병 통제소를 거치지
않고는 외부로 빠져나가지
못하는데, 사실상 폐쇄나
마찬가지지, 뭘.

그게 아니라 정부에서 도시를
완전히 봉쇄한다는 뜻이야. 아직
도시를 벗어나지 못한 사람은 그냥
감염자로 추정하는 거지. 도시에
남은 모든 것을 포기하는 거라고.

그게 무슨 소리야?
자세히 좀 말해 봐.

아직 나도 몰라. 그냥 다크넷에서
떠도는 말이야. 지라시가 돌고 있대….

지라시는 또 뭐야?
그런 말이 어딨어?
일본어야?

디안이 오른손으로 메신저 창을 툭 쳤다. 그러자마자 창이 사라졌다. 포털 사이트며, 수많은 SNS에 꼬리에 꼬리를 물고 말도 안되는 소문이 돌았다. 심지어 어떤 사람은, '누군가 일부러 바이러스를 퍼트려 실험하는 중입니다'라는 소문을 냈다가 경찰에 체포되었다고 한다.

그때였다.

"저, 저게 뭐야?"

아빠가 놀란 듯 혼잣말을 했다. 그 바람에 디안은 고개를 들어 앞쪽을 바라보았다. 길 앞쪽으로 자동차가 빼곡했다. 고속도로가 아예 자동차로 꽉 막혀 있었다. 아니, 길뿐만 아니었다. 양쪽 숲에도 자동차들이 겹겹이 세워져 있었고, 임시로 펼친 천막도 눈에 띄었다. 밥이라도 짓는 것인지 숲 곳곳에서 연기가 났다. 그 모습이 양쪽 숲 안쪽으로 끊임없이 이어져 있었다.

더하여 상당수의 사람이 마스크를 쓰거나 수건으로 얼굴을 가리고 있었다. 얼마나 그곳에서 생활했는지 알 수 없었지만, 옷은 남루했으며, 활기라고는 조금도 느껴지지 않았다. 전쟁을 피해 달아나는 사람들의 모습이 저럴까, 싶었다.

"안 되겠어! 디안, 내리거라."

아빠는 자동차를 숲 안쪽에 세우고 얼른 내렸다. 그러자 생각보다 거친 바람이 온몸을 휘감아 왔다. 숲 안쪽에서 누군가의 울음 같은 괴이한 소리가 들렸다. 왠지 기분이 썩 좋지 않았다.

아빠는 숲 이쪽저쪽을 다니며 몇몇 사람을 붙잡고 무언가 이야기를 나눈 뒤에야 자동차로 돌아왔다.

"여기서 감염병 통제소까지 약 5킬로쯤 더 가야 한단다. 하지만 가더라도 바로 백신을 맞을 수 있는 것도 아니라는구나."

"네? 그럼…?"

"자동차는 갈 수 없고, 감염병 통제소까지 걸어가야 할 듯해. 어서 가 보자."

아빠는 자동차 문을 잠그고 사방을 다시 한번 둘러본 다음에 큰길로 나와 걷기 시작했다. 디안은 그 뒤를 바짝 따랐다. 바람이 등 뒤에서 밀어 준 덕에 얼마 지나지 않아, 감염병 통제소를 안내하는 간판이 나왔다. 임시로 써 붙인 커다란 글씨와 화살표에는 온갖 낙서가 어지럽게 뒤덮고 있었다. '감염병 통제소를 개방하라!', '우리는 살고 싶다. 장산시의 모든 주민에게 백신 접종 시행하라!', '보건위생국은 바이러스의 정체를 정확히 규명하라!' 따위의 글들이었다.

감염병 통제소 쪽으로 나아갈수록 사람들은 더 많았고, 웅성거리는 소리도 들렸다. 디안과 아빠처럼 감염병 통제소 쪽으로 걸어가는 사람도 눈에 띄게 늘었다.

마침내 경사진 도로의 꼭대기에 올라섰을 때, 저 멀리 앞쪽으로 수백, 아니 그 이상도 될 것 같은 노란 천막이 눈에 들어왔다. 얼핏 보아도 천막 하나의 크기가 꽤 커 보였다. 다름 아닌 감염병 통제소였다. 그 주위에는 흰옷을 입은 무리가 천막과 천막 사이를 오가는 모습이 어렴풋이 보였고, 그 뒤편으로 트럭과 버스가 연신 오갔다. 그리고 천막의 이편 어느 곳을 경계로 알록달록한 옷을 입은 사람들이 수도 없이 바글거렸다.

그 모습을 보자마자 아빠의 걸음이 빨라졌다. 디안 역시 덩달아 뛰다시피 아빠의 꽁무니를 따라갔다. 하지만 감염병 통제소에 가까워질수록 도리어 걸음은 더뎌졌다. 사람의 무리가 앞을 가로막았기 때문이다.

"제발 밀지 말아요. 차례를 기다리란 말이에요."

"새치기하려는 게 아니에요. 도대체 줄을 서 있기는 한 거요? 어디가 줄인 거냐고요?"

저마다 한마디씩 큰소리를 냈다. 욕설을 내뱉고 손가락질하는 사람도 있었다. 그럼에도 아빠는 더더욱 앞으로 나아갔다. 디안은 아빠의 손을 놓치지 않기 위해 부서지도록 손아귀에 힘을 주었다.

20여 분, 앞으로 나아가느라 진땀을 뺐다. 하지만 그 앞에 놓인 것은, 어른 키보다 훨씬 높고 아주 견고한 철망 울타리였다. 그리고 그 울타리 안쪽에는 흰색 방호복과 방독면을 쓴 도시 방위군이 소총으로 무장한 채 서성거렸다. 한둘이 아니었다. 10여 미터 간격으로 두 명씩 이쪽을 향해 바로 서 있었다.

"도대체…. 이봐요. 감염병 통제소는 어느 쪽이에요?"

"허허, 거 참! 우리도 그쪽으로 가고 있잖소. 못해도 여기서 200

미터는 더 가야 하오."

당황해서 내뱉은 아빠의 말에 누군가 거칠게 답했다. 그의 손가락이 곧게 뻗은 담장 남쪽을 가리켰다.

하!

고작 30여 미터를 오는 데도 한 시간쯤 걸렸는데, 200미터라니! 디안은 사람과 철망의 벽에 막혀 더 이상 나아갈 수 없음을 직감했다. 아빠도 그것을 느꼈는지, 갑자기 철망 속 도시 방위군을 향해 소리쳤다.

"이봐요! 내 말 좀 들어줘요. 나는 세종-1 출입증을 가지고 있어요. 이것 좀 확인해 보시오."

그러더니 아빠는 바이오 워치를 켜고 홀로그램으로 떠오른 출입증 사본을 도시 방위군 쪽을 향하도록 방향을 맞추었다. 그러자 무슨 말에도 요지부동이던 도시 방위군 요원 하나가 이쪽을 향해 걸어왔다.

요원은 아빠의 출입증을 이리저리 살폈다.

아빠의 출입증에 적힌 글귀가, 사선으로 내리비치는 햇빛 때문인지 짙은 보랏빛으로 반짝였다.

요원은 두어 번을 반복해서 아빠의 출입증을 훑어보더니 뒤로 물러났다. 곧 한쪽 귀에 부착된 헤드셋을 두드리더니 어딘가와 교신을 시작했다. 그 모습을 보면서, 디안은 공연히 손에 땀이 났다.

감염병 통제소를 설치한 직후, 보건위생국은 장산 시민들에게 차별화된 시민증을 새로 부여했다. 사람들이 한꺼번에 감염병 통제소로 몰릴 경우를 대비하려는 방편이었다. 자진해서 6주 후에 통제소를 방문할 사람에게는 세종-1 출입증을 주었고, 4주 후에 방문할 사람에게는 세종-2 출입증을 주었다. 아빠는 고민 끝에 세종-1 출입증을 선택했다. 돌보아야 할 동물이 많았고, 감염병 통제소가 설치된 날부터 이미 그쪽으로 향하는 도로가 인산인해라는 소식을 들었던 탓이다. 물론 그때까지만 해도 감염률 자체가 높지 않은 이유도 있었다. 아빠는 디안에게 "그래도 되지? 아빠도 조심할게. 어쩌면 그 사이에 바이러스가 잡힐 수도 있잖아?"라고 물어본 기억이 났다. 물론 디안은 흔쾌히 찬성했다. 버려진 동물들을 그냥 두고 갈 수가 없어서였다. 하지만 아빠의 뜻과는 달리 바이러스는 진정되지 않았고, 결국 도시를 떠나기로 마음먹었다.

그때, 되돌아온 방위군 요원이 아주 사무적인 투로 말했다.

"귀하의 노고에 감사드립니다. 하지만 보시다시피 감염병 통제소는 현재까지 몰려든 시민의 30퍼센트밖에 처리하지 못했습니

다. 백신도 부족하고, 일주일간 격리해야 하는 수용시설도 부족합
니다. 따라서 보건위생국은 귀하의 출입증을 오늘부터 무효화하
기로 결정했습니다.”

　도시 방위군의 말은 방독면을 뚫고 들려 나오는 것이라, 사람의
목소리 같지 않았다. 마치 스피커를 통해 나오는 AI 목소리처럼 들
렸다. 위압적이고 기계적이었다. 또 한편으로는 방독면과 방호복
탓인지도 모르지만, 방위군 요원의 겉모습이 몹시 기괴하게 보였
다. 그 때문일까, 그의 끝말은 마치 ‘당신은 이제 고립되었습니다!’
라고 말하는 것 같았다.

내가

고양이를

죽였어

아빠는 잠시 도시 방위군 요원과 다투었다. 아빠는 "그런 법이 어디에 있소? 위험을 감수하면서 기다린 사람만 억울한 일이 되었잖소. 잔말 말고 얼른 통제소 입구로 안내하시오"라고 말했고, 그 말에 방위군 요원은 "통제소장님의 지시입니다. 채강수 박사님께서는 통제소 밖에서 대기하여 주십시오. 5일 이내에 바이오 워치를 통해 특별 번호표를 부여하고 백신 접종 시기를 알려 드리겠습니다"라고 하더니 더 이상 입을 열지 않았다.

아빠는 철망을 흔들면서 "보건 당국이 시민들을 기만해서는 안 됩니다"라며 더 크게 소리쳤지만, 소용이 없었다. 도리어 뒤에 있던 사람이 한마디했다.

"이봐요. 우린 일주일 전부터 여기에 와 있었어요. 그런데도 열흘이 더 걸린답디다. 그러니 참고 기다려요."

"게다가 먹을 것도 떨어져 가요. 보건위생국은 왜 생활 물품을 충분히 공급하지 않는지 모르겠어요."

"맞아! 이러다가 우릴 다 죽일 셈이지!"

그들의 말에 아빠는 더 이상 어쩌지 못했다. 방위군 요원은 제자리로 돌아가 아까처럼 그 자리에 붙박이듯 섰다.

아빠는 철망 앞에서 물러났고, 잠시 넋을 놓고 하늘을 쳐다보았다. 디안은 무어라 할 말이 없어서 아빠를 쳐다보기만 했다.

한참 후에 아빠가 말했다.

"차라리 집으로 돌아가자."

"아빠!"

"별수 없지 않겠니? 연락을 준다니까…."

그때, 디안과 아빠의 말 틈새로 비쩍 마른 남자가 끼어들었다.

"그걸 믿어요? 여기서 보채기라도 해야, 저들이 우리 말을 들을 거요."

무슨 말인가 싶어서 디안은 그를 한참 쳐다보았다. 그는 아빠가 무슨 대꾸를 하려 하자 한마디 더 했다.

"별의별 소문이 다 돌고 있소."

"도시를 폐쇄한다는 소문 말이오? 지금도 사실상 도시는 폐쇄되었지 않소?"

"아니요. 그게 그렇지 않아요. 지금은 그래도 기다리면 저 밖으로 나갈 수 있소. 하지만 보건위생국이 도시 폐쇄 결정을 내리면 아예 나가질 못한단 말이오. 그 전에 이곳을 나가야 한단 말이오!"

"네…?"

사람들의 확신에 찬 듯한 말에 아빠는 다시 한번 놀랐다. 이러지도 저러지도 못한 채 아빠는 사람들의 얼굴만 번갈아 쳐다보았다. 온갖 생각이 교차하는 얼굴이었다. 친구들이 단체 알림방에서 나누던 대화가 생각났다. 그게 사실일지도 모른다고? 디안은 갑자기 소름이 돋았다.

아빠는 한참 만에 디안에게 말했다.

"무엇보다 칸이 걱정스럽다. 다친 동물들도 있고. 아빠가 할 일은 해야지. …넌 괜찮겠니?"

평생 동물만 돌보아 온, 말 그대로 아빠다운 말이었다. 디안 역시 그 마음을 모르지 않아서 고개를 끄덕였다. 그러자 아빠가 디안의 손을 꼭 잡았다. 그리고 사람들 사이를 다시 헤쳐나오기 시작했다. 처음에는 잠깐 아무런 생각이 들지 않았는데, 갔던 길을 되돌아 나오면서, 또 길가와 숲에 남아 있는 수많은 사람을 보면서, 디안은 아빠의 판단이 옳다고 생각했다. 언제 감염병 통제소를 빠져나갈지 알 수 없는데 무한정 난민이 되어 기다릴 수는 없을 것 같았다.

디안은 아빠와 함께 빠르게 자동차가 있는 곳으로 걸어갔다. 아까보다는 걸음이 더뎠다. 마주쳐 오는 바람 때문인지도 몰랐다. 머리칼이 거칠게 날렸고, 바람이 자꾸만 옷 속을 파고들었다. 그 때문에 디안은 자신도 모르게 어금니를 악물고 걸어야 했다.

아빠의 자동차는 빠르게 고속도로를 거슬러 갔다. 왔던 길을 되돌아갈 뿐인데, 느낌은 사뭇 달랐다. 저도 모르게 더 비장해졌고, 긴장감이 훨씬 더했다. 이를테면 병사가 홀로 적진에 들어가는 기분이랄까.

자동차가 다시 도심에 들어섰을 때, 디안은 아빠를 힐끗 쳐다보았다. 미간을 잔뜩 찌푸리고 있었으며, 계속 아랫입술을 씹었다. 운전대를 잡은 손은 떨고 있었고, 깊고 낮은 숨을 반복해서 내쉬었다. 어떤 일이 닥쳐도 자신감이 넘쳤던 아빠의 모습이 아니었다. 그래서 불안했다.

디안은 반사적으로 자동차를 자율주행 모드로 바꾸라고 여러 번 말했지만, 아빠는 고집을 부렸다. 연료 소모가 크다는 이유였다. "연료를 구하기 힘들 수도 있어"라고 말했다.

그 말이 좀 의아해서 디안은 아빠를 쳐다보았다. '무슨 말이에요?' 하는 표정으로. 그러나 디안은 스스로 답을 찾았다. 어쩌면 사람들이 떠난 도심에서 오래도록 견뎌야 할지도 모른다고. 그래서 디안은 아빠의 대답을 기다리지 않고, 이제부터 무얼 해야 할지 가만히 생각했다.

그러나 고개를 돌려 차창 밖 텅 빈 풍경을 마주한 순간, 아무것도 떠오르지 않았다.

도로는 어제보다 오늘 아침이, 그리고 아침보다 지금이 훨씬 더 한산했다. 평일 밤낮을 가리지 않고 자동차로 빼곡하던 장산 중앙로에는 앞뒤로 30여 대의 자동차밖에 보이지 않았다. 시간에 맞춰 바뀌는 신호등이 무색할 지경이었다. 인도 역시 별반 다르지 않았다. 지나다니는 사람이 거의 없었다. 이따금 눈에 띄는 사람들조차도 부리나케 뛰어서 어딘가로 사라지거나 건물 뒤에 숨어 머리만 빼꼼 내밀곤 했다.

이런 모습을 단 한 번도 상상해 본 적이 없었다. 아니, 상상할 필요가 있었을까. 장산시에서 가장 복잡한 도로가 자동차 경적조차 없는 공터가 될 것임을 누가 떠올리기나 했을까. 그래서 두렵기만 했다. 아빠도 아마 그 때문일 것이라는 생각이 들었다. 끊임없이 어두운 얼굴을 감추지 못하는 이유가.

엄마가 있었다면 도움이 되었을까?

문득 디안은 목에 걸고 있는 베르사를 꺼냈다. 반 뼘 길이, 새끼손가락 굵기만 한 악기였다. 작은 피리처럼 생겼는데, 몸통에 구멍도 몇 개 뚫려 있어서 그 구멍을 여닫을 때마다 다른 소리가 났다. 엄마는 그것을 내주면서, "이 베르사는 엄마의 나라에서만 자라는 나무로 만들었지. 가장 힘들 때 불어. 도움이 될 거야. 사랑해, 우리 딸!"이라고 말했다.

그 말이 생각나, 디안은 베르사를 입에 댔다. 하지만 불지 않았다. 아직은 견딜 수 있을 것 같았다. 아니 견뎌야 했다.

엄마의 얼굴을 가만히 떠올렸다. 갸름하고 오뚝한 콧날이 먼저 떠올랐고, 톡 튀어나온 이마도 생각났다. 이상하게도 엄마를 끌어 안으면 깊은 숲속에서나 맡을 수 있는 나무 냄새가 났는데, 그 기억도 또렷했다. 그 덕분에 디안은 자신도 모르게 미소를 지었다.

그런데 어느 즈음이었을까. 아빠의 자동차가 장산 중앙로 제1 교차로를 지나 남서 방향 도로에 막 진입했을 때였다. 갑작스레 손목의 바이오 워치가 활성화되었다. 그러자마자 삼각형 화면의 가장 위쪽에 빨간 불이 들어와 급히 깜박였다. 비상 알림 신호였다. 디안은 빨간 불빛 위에 엄지손가락을 댔다. '지문인식이 확인되었습니다'라는 메시지와 함께, 홀로그램 화면이 열렸다. 뜻밖에도 아빠의 병원 모습이 눈에 들어왔다. 그 화면 안에서 칸이 거칠게 짖어 대고 있었다.

"무슨 일이니? 칸 맞지?"

"마, 맞아요. 잠시…만요!"

아빠의 질문에, 디안은 급히 화면을 이리저리 넘겼다. 칸이 있는 곳은 병원 로비였고, 북쪽 창을 향해 짖고 있었다. 그 모습을 확인하고 디안은 북쪽 창을 볼 수 있는 CCTV를 클릭했다. 순간, 디안은 깜짝 놀랐다. 열댓 마리의 고양이가 창으로 뛰어오르기 위해 애쓰고 있었다.

그런데 놈들의 모습이 이상했다. 디안은 얼른 화면을 클로즈업했다.

아!

놈들의 모습이 성치 않았다. 얼굴은 상처투성이였다. 귀가 찢겨나간 녀석도 있었고, 콧잔등이 반쯤 떨어져 나간 녀석도 있었다. 어떤 고양이는 눈에서 피가 흘렀다.

“아, 아빠…!”

너무나 섬뜩해서, 디안은 자신도 모르게 화면을 아빠 쪽을 향해 돌려세웠다. 그런데 그러자마자 아빠가 말했다.

“그놈들이야!”

“네?”

“보라를 죽인 놈들 말이다. 어떻게 저길…. 아, 칸을 노리는 모양이다.”

정말 그런 걸까. 서로 뒤질세라 창 쪽으로 뛰어오르던 고양이들이 그걸로는 안 되겠다 싶었던지 몇 마리가 아래쪽에 서고, 몇 마리는 그 위에 올라서는 식으로 탑을 쌓고 있었다.

“어떻게 저럴 수가…!”

“안 되겠다. 서둘러야겠어. 칸도 위험하고, 다친 동물들도 위험해. 안전벨트 단단히 매!”

아빠가 갑자기 자동차 속도를 높였다. 자동차는 요란한 굉음을 내며 앞으로 쭉 미끄러졌다. 그리고 잠시 후 왼쪽 길로 급히 꺾어졌다. 2차선 골목 도로였다. 아마 지름길로 가려는 모양이었다.

순간 디안은 화면에서 또 하나의 이상한 점을 발견했다. 화면을 이리저리 조정하는데, 드론 한 대가 눈에 들어왔다. 드론은 고양이들의 머리 위에서, 마치 멈춘 듯 고요하게 떠 있었다. 마치 동물들을 조종이라도 하듯이.

"아빠, 이것 좀 보세요. 드론이에요. 무슨 로고가 찍혀 있어요."

"드론? 로고는 뭐고?"

아빠의 물음에 디안은 화면을 다시 아빠 쪽으로 돌렸다.

"박쥐 모양 같아요. 그 밑에는 영어로 애니 포…."

그러자 아빠가 시선을 이쪽으로 돌렸다. 바로 그 순간이었다. 디안이 말을 채 끝내기도 전에 무언가 시커먼 것이 자동차 앞 유리 쪽으로 뛰어들었다.

"아빠, 앞에…!"

"으아아앗!"

아빠는 비명을 지르며 급히 핸들을 꺾었다. 그 바람에 자동차는 인도로 뛰어들었고, 거친 파열음과 함께 문이 닫힌 상점 유리문 입구를 들이받았다. 그런 다음에야 자동차는 가까스로 멈추었다. 몸을 급히 웅크렸던 디안은 그다지 큰 충격을 받진 않았다. 무엇보다 아빠가 급히 한 손을 디안에게 뻗어 충돌을 막은 덕분인 듯했다. 하지만 아빠는 그 바람에 앞 유리창에 심하게 부딪혔고, 이마에서 피가 흐르고 있었다.

"아, 아빠!"

"디안아, 나는 괜찮아. 너는 무사한 거지?"

"네, 저는 괜찮아요. 그런데 아빠 계속 피가 나요. 이거요!"

디안은 재빨리 주머니에서 수건을 꺼내 아빠에게 내밀었다. 아빠는 디안의 수건으로 머리를 감쌌다. 하지만 머리만 문제가 아닌 듯했다. 아빠는 왼손으로 오른쪽 어깨를 꽉 붙잡은 채 얼굴을 잔뜩 찡그렸다.

"아빠, 어깨도 다친 거예요?"

"아무래도 그런 모양이구나. 괜찮아지겠지! 그나저나 도대체 뭐가 이쪽으로 뛰어든 거지?"

"새, 새요!"

디안은 앞 유리창을 가리키며 말했다. 새의 깃털이 몇 개 떨어져 와이퍼 위에 끼어 있었다. 하나는 까만색이었고, 두어 개는 회색빛이었다.

"도대체 이게 무슨…?"

아빠는 고개를 갸웃거렸다. 그러더니 자동차의 기어를 만지작거렸고, 자동차를 뒤로 빼냈다. 잠깐 움직이는데도 아빠는 이마에 땀을 잔뜩 흘렸다. 팔의 통증 때문인 듯했다.

아빠는 곧 자동차에서 내렸다. 디안도 따라서 내렸다. 살펴보니, 아빠가 들이받은 상점은 커피숍이었다. 아빠의 자동차가 하필이면 커피잔 그림이 있는 두꺼운 유리문을 밀어 버리는 바람에 커다란 구멍이 생기고 말았다.

아빠는 오른팔을 만지면서 도로와 인도를 두리번거렸다. 그리고 새가 달려들었던 지점으로 걸어갔다. 디안도 바람 부는 거리를 따라가 보았지만, 새가 떨어진 흔적은 보이지 않았다.

"후유!"

아빠는 긴 숨을 내쉬었다.

다소 거친 바람 외에는 사방이 아주 고요했다. 아까 지나쳐 온 큰길과는 달리 자동차 한 대, 사람 한 명 지나다니지 않았다. 그래도 신호등은 깜박였고, 해가 떨어지기 시작했다. 그 모습을 보면서 디안은 잠시 몸을 부르르 떨었다.

그때, 머릿속을 스치는 생각이 있었다.

"아차! 아빠, 칸이요!"

그리고 디안은 먼저 몸을 돌렸다. 자동차가 세워진 쪽을 향해 걸었다. 하지만 디안은 채 열댓 걸음을 걷지 못하고 멈추어야 했다. 저편 앞에서 흰색 강아지가 바람과 태양을 등진 채 걸어오고 있었다.

"어? 너는 누구니?"

공연히 반가운 마음에 디안은 강아지 앞으로 다가갔다. 치와와였다. 머리에 파란 리본이 매어져 있었고, 한쪽 귀는 연두색으로 물들어 있었다. 한눈에 보아도 누군가 정성을 들여 돌본 티가 났다.

"아빠, 누군가 버리고 간 모양이에요. 이렇게 예쁜 애를 어떻게…."

디안은 아예 바닥에 앉아 강아지를 향해 손을 내밀었다. 그런데 강아지는 오다가 말고 그 자리에 멈추어 섰다. 그러더니 고개를 갸 웃거렸다.

"왜? 언니, 나쁜 사람 아니야. 이리 와! 응?"

디안은 손을 내밀었다. 하지만 강아지는 꼼짝도 하지 않았다. 잠 시 후, 디안은 무언가 이상함을 느꼈다. 강아지를 빤히 쳐다보았 다. 순간, 강아지의 눈이 붉게 변했다. 처음엔 천천히, 그러나 빠른 속도로 붉게 충혈되었다. 뜻밖에도 어젯밤 보았던 고양이들의 눈 빛과 흡사했다.

그리고 그즈음, 강아지 뒤편 저 너머에서, 지는 태양을 등에 업 고 드론 한 대가 제자리에 멈추어 있었다. 조금 전보다 어깨가 더 떨렸다.

"아, 아빠!"

디안은 자신도 모르게 아빠를 불렀고, 자리에서 일어났다. 그러 자마자 아빠가 소리쳤다.

"디안, 빨리 자동차로 돌아가!"

하지만 강아지가 한발 빨랐다. 그때까지 멈추어 있던 강아지는 깽, 소리를 내며 디안을 향해 뛰어올랐다. 그 바람에 디안은 다시 넘어졌고 강아지는 다짜고짜 디안의 팔을 물어뜯었다.

"아아악!"

강아지의 송곳니가 팔뚝의 살갗을 할퀴었다. 디안은 재빨리 팔 을 흔들어 댔다. 그러자 강아지는 떨어져 나갔다. 하지만 강아지는 다시 달려들었다. 디안이 일어나 달아나자, 달려와 다리를 물었다. 다시 떨어냈지만, 이번에는 바짓가랑이를 물고 놓지 않았다. 덩치는 작아도 집요하고 거칠었다.

"이 녀석이!"

아빠가 달려와 강아지를 떼어 옆으로 밀어냈다. 그리고 조금 전과 똑같이 외쳤다.

"디안, 얼른 자동차로 돌아가!"

"아, 아빠!"

디안은 뛰려다가 멈추었다. 어디서 나타났는지, 또 다른 강아지 열댓 마리가 앞을 막았다. 하나같이 작고 예쁘장한 강아지들이었다. 그런데 겉모습만 그럴 뿐 놈들은 조금 전 치와와가 그랬던 것처럼 붉어진 눈빛으로 디안을 향해 달려들었다. 디안은 이리저리 피했지만 하나를 물리치면 또 다른 녀석이 달려들었고, 어떤 놈은 어느새 발목을 붙잡았다.

"저리 가지 못해!"

아빠가 소리치며 연신 강아지들을 떼어 냈다. 그러면서 다시 한번 소리쳤다.

"디안, 자동차 문부터 잠가!"

디안은 그 말에 얼른 자동차로 뛰어갔다. 조수석으로 뛰어들어 문을 잠갔다. 하지만 아빠는 여전히 강아지들을 쫓느라 정신이 없었다. 아빠는 한참 만에야, 도무지 안 되겠다고 생각했는지 강아지들을 이리저리 내던지고 자동차 쪽으로 뛰어왔다.

"얼른 여기서 빠져나가야 해!"

아빠는 자동차에 오르자마자 외쳤다. 그러나 아빠는 인상만 잔뜩 쓰고 있을 뿐, 자동차를 선뜻 출발시키지 못했다.

"디안, 네가 운전할 수 있겠니? 아빠가 가르쳐 준 대로만 해. 자율주행 모드가 고장 나서 어쩔 수 없구나."

"하지만 아빠, 그건…."

그런 중에도 디안은 자신이 운전하는 것이 불법이란 사실이 떠올랐다. 만 16세 이하는 자율주행 자동차에 한해서, 그것도 60시간 연수를 받은 후에야 지정된 도로에서만 운전할 수 있다는 것. 그때, 아빠가 알겠다는 듯 연거푸 재촉했다.

"불법인 거 안다. 하지만 지금은 비상시국이잖아. 이럴 때를 대비해서 너에게 운전을 가르쳐 준 것이고. 디안? 내 말 듣고 있지?"

아빠의 말대로였다. 아빠는 이따금 장산곶 남서부 지역 오프로드 캠핑 때마다 운전을 가르쳐 주곤 했다. 야생동물을 구조하러 다니다 보면, 어떤 일을 당할지 모른다는 게 이유였다. 디안은 고개를 끄덕였지만, 자신감이 생기지 않아 잠시 망설였다. 그런데 그때, 옆쪽 유리창으로 고양이들이 훌쩍훌쩍 뛰어올랐다. 벌건 눈으로 유리창을 긁어 대기도 했다.

"헉!"

그때 문득 칸이 생각났다. 서둘러야 했다. 그렇게 맘먹자, 조금은 용기가 생겼다. 디안은 어금니를 악물고 얼른 아빠와 자리를 바꾸어 앉았다.

"자, 디안! 어서 출발해!"

아빠의 말과 동시에 디안은 능숙하게 핸들을 잡고 기어를 바꾸었다. 그런데 그때였다. 앞으로 나아가려는데, 고양이 예닐곱 마리가 앞을 가로막았다. 아니, 얼핏 보니 그 너머에는 덩치 큰 개들도 뒤따라오고 있었다. 그리고 예의 그들의 머리 위에는 드론이 떠 있었다.

"후진!"

아빠의 말에 따라, 디안은 자동차를 뒤로 쭉 빼냈다.

"더, 더 뒤로, 더!"

아빠가 아예 몸을 돌려 뒤쪽을 쳐다보면서 계속 외쳤다. 그러다가 어느 순간 말했다.

"스톱! 저 왼쪽 골목 보이지? 저쪽으로 가!"

얼른 돌아보니, 빨간색과 잿빛 건물 사이에 골목이 보였다. 디안은 그 안으로 자동차를 몰았다. 뭔지 알 수 없었지만, 자동차 계기판 쪽에서 연신 경고음이 흘러나왔다. 그래도 디안은 멈추지 않고 자동차를 몰았다. 좁디좁은 골목이어서 자동차는 가까스로 골목을 빠져나갔다.

거의 골목 끝에 이르렀을 때였다. 그 앞에 고양이 서너 마리가 길을 막고 앉아 있었다.

"비켜!"

디안은 자신도 모르게 외쳤다. 동시에 경적음을 연거푸 울렸다. 하지만 고양이들은 꼼짝도 하지 않았다. 안 되겠다 싶어서 창을 내리고 손짓을 해 댔다. 그래도 마찬가지였다. 그 바람에 디안은 자동차의 속도를 줄였다.

"아빠, 고양이예요. 멈추지 않으면…. 아빠!"

"안 돼! 뒤에도 녀석들이 쫓아오고 있어."

그 말에 디안은 룸미러와 사이드미러로 뒤를 돌아보았다. 과연 강아지와 고양이 떼가 뒤를 따라왔다.

"아빠…."

"디안, 놈들은 우리가 돌보던 그런 녀석들이 아니야! 괴물이라고! 디안!"

"하지만 아빠!"

"디안! 정신 차려!"

디안은 온몸을 떨었다. 핸들을 쥔 손이 요동을 쳤다. 순간 아주 잠깐, 엄마를 생각했다. 엄마라면 어떻게 했을까?

바로 그때, 자동차의 짐칸에서 무슨 소리가 들렸다. 어느새 고양이 한 마리가 자동차에 올라타 창을 긁어 대고 있었다. 룸미러를 통해 돌아보니, 눈이 붉게 충혈되어 있었고, 발바닥도 빨간색이었다. 그 발로 고양이는 유리창에 피 발자국을 만들었다. 순간, 디안은 경적 버튼을 거세게 누르며 액셀러레이터를 꾹 밟았다. 그러자 자동차가 쭉 미끄러졌다.

"빠아아아아아아앙!"

그런데 잠시 후 무언가가 자동차에 툭, 툭툭 하고 부딪치는 소리가 났다. 이어 고양이가 내지르는 비명이 들렸다.

"꺄아아아아앙!"

헉! 디안은 숨이 막힐 것만 같았다. 자신도 모르게 중얼거렸다.

'내가 고양이를 죽였어!'

도대체 누가

우리를

따라왔을까

디안은 2층 베란다에 앉아 시내 풍경을 바라보았다. 저 멀리 어느 건물에서는 연기가 솟아올랐고, 그로부터 멀지 않은 어느 곳에서는 짐승의 울음소리가 연이어 들리기도 했다. 가끔 비둘기가 떼지어 날아갔다. 그러다 조용해질 즈음에는 정찰 드론이 오갔다. 정찰 드론에서는 반복적으로, '시 당국에서는 바이러스로부터 시민 여러분을 지키기 위해서 애쓰고 있습니다. 시민 여러분께서는 가급적 외출을 삼가십시오. 허가를 받지 않고 외출할 경우, 경찰 당국에 체포될 수도 있습니다'라는 방송을 내보냈다.

그 모든 것이 오래전부터 일상인 것처럼 느껴졌다. 그런 중에도 디안은 사흘째, '내가 고양이를 죽였어!'라는 자책에서 벗어나기 위해 애썼다. 그리고 자신이 감염되지 않았기를 바라고 또 바랐다. 강아지에게 물린 상처는 아물기 시작했고, 통증도 거의 없었다. 그런데도 아빠는 세 시간에 한 번씩 디안의 체온을 쟀고, 체액과 혈액 검사를 반복했다. 그때마다 아빠는 괜찮을 거라고 말했다. 디안은 안심했지만, 마음 한구석에서 걱정이 완전히 사라진 건 아니었다.

아빠에게 차마 말할 수 없었지만, 여전히 불안했다. 그래서 자꾸 엄마가 생각났다. 엄마라면 지금 일어난 이 일들의 해법을 알고 있지 않을까.

문득 기억나는 말이 있었다. "모든 생명은 애초에 한곳에서 비롯된 거야. 우리는 저 아이들을 그저 동물이라 부르지만, 목숨을 다하면 결국 한곳으로 돌아가지. 그래서 우리는 서로를 적대시해서는 안 돼. 그건 자신이 고귀한 생명임을 포기하는 일이야." 그리고 또 있었다. "그래서 엄마가 살던 고향에서는 사람이든 동물이든 서로를 해치면 그만한 대가를 치르도록 하고 있지."

목에 걸고 있는 베르사를 꺼내 입에 물었다. "엄마가 보고 싶을 때는 베르사를 불어. 그러면 엄마가 바람이 되어 네 옆에 있을게" 라던 엄마의 말을 곱씹으면서. 그런데 하필 그 순간에 동물의 날카로운 비명이 들렸다.

"커컹! 컹! 크르릉!"

놀라서 당황했는데, 어이없는 광경이 하필이면 발 아래, 병원 건물 담장 너머에서 벌어졌다. 어디서 나타났는지 알 수 없는 개 세 마리가 달아나는 새끼 늑대 한 마리를 인정사정없이 물어뜯고 있었다. 늑대 새끼가 달아나려 하면 개들이 쫓아와 달려들고, 다시 늑대는 달아나려 발버둥 치기를 반복했다. 개들은 아주 집요했다. 한 놈은 목덜미를, 또 한 놈은 뱃가죽을, 그리고 나머지 한 놈은 뒷다리를 물고 늘어졌다.

순간, 디안은 며칠 전 밤에 보았던 끔찍한 장면을 떠올렸다. 그 바람에 자신도 모르게 벌떡 일어났다. 그리고 재빠르게 아래층으로 내려가 현관문을 열고 나갔다. 한달음에 마당을 가로질러 대문 앞에 섰다. 그때 아빠의 말이 떠올랐다.

"아빠가 허락할 때까지 절대 밖으로 나가서는 안 돼! 지금 바깥에서 무슨 일이 벌어지는지 알기 전까지는 한 발짝도!" 감염병 통제소에서 돌아오던 날 아빠가 그렇게 말했다. 그렇다면 그날처럼 아빠를 먼저 불러야 하는 걸까. 하지만 아빠는 지금 이틀째 동물 없는 진료실에서 꼼짝도 하지 않고 있었다. 어제 오후 잠깐 엿보았을 때, 아빠는 "지금 우리에게 무슨 일이 일어나고 있는지 알아내야 해!"라고 말했다. 정말 뭘 하는지 아빠의 책상과 테이블에는 책이 산더미같이 쌓여 있었다. 그 사이를 오가며 아빠는 정신없이 무언가 메모하고 컴퓨터를 뒤지고 어딘가로 쉴 새 없이 전화했다.

디안은 주저하다가 대문 밖으로 한걸음 나섰다. 그냥 뒤만 따라가 보려는 것인데, 구태여 아빠를 방해하고 싶지 않았다. 디안은 동물병원 옆 7층짜리 건물 뒤의 골목으로 뛰었다. 모퉁이에서 고개를 내밀어 보니, 세 마리의 개가 새끼 늑대 한 마리를 에워싼 채 으르렁거리고 있었다. 세 마리의 개는 한눈에 보아도 반려견이었다. 똑같은 목걸이를 한 스피츠 두 마리와 보더콜리였다.

하아!

디안은 지금 상황이 도무지 이해되지 않았다. 아주 어렸을 때부터 아빠의 동물병원에서 겪은 대로라면, 주인에게 길든 반려동물은 야생동물을 공격하는 일이 거의 없었다. 그런데 사람까지 공격하는 반려동물이라니! 이 기이한 일들을 어찌 이해해야 할까.

디안은 조금 더 나섰다. 무얼 어째야 좋을지 알 수 없었지만, 그저 머릿속에서는 새끼 늑대가 위험하다는 생각뿐이었다. 디안은 반사적으로 두리번거렸고, 길가 화단 위에서 돌멩이를 집어 들었다.

바로 그때였다.

"디안, 안 돼! 돌아와! 어서!"

아빠의 목소리였다. 돌아보니, 아빠가 조금 전 디안이 앉았던 베란다에서 소리치고 있었다.

"아빠, 새끼 늑대가…."

"어서! 위험해!"

아빠는 조금 전보다 더 격하게 소리쳤다. 디안은 금방 그 이유를 알아챘다. 어느새 반려견 세 마리 중 하나가 디안을 향해 몸을 돌린 것이다. 그 표정이 섬뜩했다. 붉게 빛나는 눈을 마주한 순간, 디안은 얼결에 뒤로 물러났다. 그 순간, 또 한 마리가 디안 쪽으로 고개를 돌렸다.

"뛰어!"

아빠가 다시 한번 외쳤고, 디안은 재빨리 달렸다. 동시에 두 마리의 스피츠가 디안 쪽으로 힘껏 뛰어왔다. 디안은 얼른 골목 모퉁이를 돌아 대문 안으로 뛰어들었다. 아빠가 기다리고 있다가 얼른 대문을 닫았다. 스피츠 두 마리는 대문 너머에서 격렬하게 짖었다.

"크엉, 컹컹! 컹!"

"괜찮니? 다친 데는 없고?"

아빠가 디안을 끌어안은 채 바깥을 살피며 물었다. 디안은 아빠 품에 안긴 채 고개를 끄덕였다. 그런데 그러자마자 아빠가 뜬금없는 말을 내놓았다.

"우리도 결정해야 할 것 같구나. 하루빨리 장산시를 떠나든지 아니면 한곳에서 오랫동안 버틸 식량을 구하든지."

"네? 갑자기…. 뭔가 알아내신 거예요?"

디안은 아빠의 품에서 빠져나오며 물었다.

"아직 확신할 수는 없지만…. 우리가 지금 매우 위험한 상황에 놓여 있다는 거야. 일단 안으로 들어가자. 저 녀석들의 눈에 띄는 것도 좋지 않아."

디안은 아빠가 이끄는 대로 건물 안으로 들어갔다. 그리고 물었다.

"뭔데요? 말씀해 주세요."

"그래. 아빠가 알아낸 건, 지금 도시를 휩쓸고 있는 바이러스가 사람이든 동물이든 가리지 않고 전염된다는 거야. 생각보다 전염

속도도 매우 빠르고. 일단 감염이 되면 대부분의 바이러스가 그렇 듯 발열과 구토 증세를 일으키지. 다만 드물게 뇌를 자극해서 발작 증세를 일으키고 부분적으로 신경세포를 자극해서 마비 현상이 나타나기도 해. 그러다가 목숨을 잃기도 하고.”

“그건 뉴스에 나온 내용과 거의 비슷한데요?”

아빠는 며칠 사이에 덥수룩하게 자란 턱수염을 쓰다듬으면서 말했고, 디안은 아빠의 퀭한 눈을 마주 보며 대꾸했다.

아빠는 잠시 숨을 고르더니 말을 이었다.

“그래. 중요한 건, 동물에게 감염되었을 때가 문제야.”

“맞아요. 동물 감염 이야기는 없었어요.”

“응. 이쪽으로는 공식적으로 보고된 내용이 없었어. 그래서 아 빠와 함께 공부한 박사님들에게 연락해서 알아보았는데, 아주 뜻 밖의 사실을 발견했어. 오래전에 이런 비슷한 사례가 있었어.”

“그게 뭔데요?”

“70년 전쯤, 그러니까 2000년대 초에 있었던 일이야. 중국과 티 베트 국경 지역에서 잦은 충돌로 한 부족 전체가 전쟁을 피해 마 을을 떠난 적이 있었어. 이때, 부족민들은 자신들이 키우던 모든 반려동물을 버렸지. 물론 이 동물들은 떠돌이가 되었고. 그리고 6 개월 후, 그 지역에는 중국군의 한 파견 부대가 머물렀지. 40여 명 으로 구성된 소규모 정찰 부대였나 봐. 그런데 이들이 문제였어. 워낙 높은 고원지대라 한겨울에는 제대로 식량 보급을 받지 못했는데, 그럴 때마다 야생동물이 되어 버린 떠돌이 개와 고양이를 잡아먹기 시작한 거야.”

“네?”

디안은 이야기를 듣다가 말고 깜짝 놀라 되물었다. 하지만 그보다 더 기막힌 일은 그다음이었다. 아빠가 심각한 표정으로 말을 이었다.

“더 나쁜 일은, 병사들이 개와 고양이, 또 다른 야생동물들을 잡아먹으면서, 그걸 떠돌아다니는 동물들에게도 먹이곤 했다는 거야. 결국 그걸 먹은 동물을 다시 잡아먹은 거고.”

“…?”

“그리고 얼마 후, 이 부대원들이 주변을 정찰하면서 아주 끔찍한 광경을 목격했어. 버려진 반려동물들이 야생동물들을 공격해 살해한 거지. 우리가 본 장면이야. 군인들의 증언에 의하면 이 반려동물들이 하나같이 폭력적이었고, 난폭했다는 거야. 여기저기 비공식적으로 남은 기록에 따르면 이때 동물들이 보인 폭력적 행동이 지금의 반려동물이 보이는 행태와 다르지 않아.”

“세상에!”

“더 놀라운 사실은 뭔지 알아?”

“…?”

“그로부터 꼭 1년 후, 그 주변 지역 생태계가 바뀐 거야. 녀석들이 최상위 포식자가 된 거지. 그 지역에는 표범이나 삵은 물론이고 늑대와 여우까지 살고 있었는데 말이야. 물론 이때도 수의사와 학자들은 동물들의 바이러스 감염을 의심했어.”

“지금과 같은 건가요?”

“어쨌든 비슷한 행태를 보이고 있으니까 그럴 가능성이 크지. 의학적으로…. 간단하게 말하면, 이 바이러스가 뇌를 자극해서 과도한 스트레스를 유도하고 폭력성을 부추기는 거야.”

“그럼, 반려동물이 야생동물을 공격하고 도리어 야생동물을 사람들의 마을로 쫓아 버린 건가요? 지금도 그런 상황인 거죠?”

“그래, 지금 그런 상황으로 보여. 그런데 알 수 없는 한 가지 사실이 있어. 그때보다 지금이 훨씬 폭력적이라는 거야. 그뿐만 아니라 그때 사람을 해쳤다는 기록은 없어. 그리고 지금 감염된 동물들이 훨씬 집요해. 마치 누군가 조종하고 있는 것처럼 말이야.”

아빠가 하는 말이 온전히 이해되지는 않았지만, 무언가 심각한 일이 벌어지고 있음은 직감할 수 있었다. 직접 경험하고 있는 것만으로도 그랬고, 어젯밤 학교 친구들의 단체 알림방에서 하던 이야기만 보아도 그랬다.

우리 방에는 장산시에 남아 있는 사람은 없을 듯….

우리 삼촌이 아직 장산시에 남아 있는데, 어제 밖에 나갔다가 물렸다는데 배가 고파 그런 거 아닐까?

고양이가 떼로 몰려다닌대! 그러다가 동물이건 사람이건 보이는 대로 물어뜯는다던데?

아 참! 그런데 어제는 시청 부근에서 비둘기 열댓 마리가 스스로 유리창에 머리를 부딪쳐 자살했대. 동물도 자살을 하나?

그나저나 장산시가 곧 폐쇄된다는데? 아직 장산시에는 수만 명이나 남아 있다는데?

감염병 통제소 부근에만 6만이래. 그 숫자 빼고도 3-4만 명이 아직 장산시에 거주한대.

그럼 도대체 뭐가 무서워서 폐쇄한다는 거야? 동물들 때문인가?

"정말 우리가 모르는 게 있는 거죠?"

디안은 친구가 했던 말을 떠올리며 아빠에게 물었다. 그러자 아빠는 잠시 머뭇거리는 듯하더니 고개를 끄덕였다. 그리고 크게 숨을 내쉬고는 말했다.

"이제 네 의견을 듣고 싶구나. 어떻게 하면 좋겠니?"

"감염병 통제소로 나가는 것 외에 장산시에서 나가는 방법이 있을까요?"

"사실상 불가능하다고 봐야지. 서남쪽은 바다고, 정해진 항구 외엔 대부분이 절벽 해안이야. 그럼 남은 쪽은 북쪽뿐인데, 너도 알다시피 불타산은 쉽게 넘을 수 있는 산이 아니야."

"배를 탈 수 있는 방법은 전혀 없는 거예요? 배만 타고 조금만 남쪽으로 내려가면 백령도잖아요. 그럼 인천으로 갈 수 있고요."

"맞아. 그렇지만, 지금으로서는…."

"결국 답은 정해져 있네요."

"운이 닿는다면 이른 시간 안에 감염병 통제소로부터 연락이 오는 것이지."

아빠의 말에 디안의 머릿속이 복잡해졌다.

그러나 별다른 선택지가 없어 보였다. 그 바람에 디안은 자신도 모르게 고개를 끄덕였다. 그러자마자 아빠가 말했다.

"그럼, 준비하거라. 먹을 것을 구하러 나가야 해."

"어디로요? 지금 모든 상점이 문을 닫았을 텐데요. 설마…?"

차마 훔친다는 말이 나오지 않았다. 하지만 지금으로서는 그 방법밖에는 없을 듯했다. 그걸 알면서도 디안은 아빠를 쳐다보았다.

"주인이 없다면…. 나중에 갚기로 하자. 다른 방법이 없어. 시 당국에서도 도시 안에 남아 있는 사람들을 위해서 아무것도 하지 않고 있거든."

"알겠어요. 우비 챙겨 올게요."

그리고 디안은 돌아섰다. 하지만 2층으로 향하는 계단을 채 딛기도 전에 무언가 생각나서 물었다.

"칸은요? 이제 풀어놔도 되지 않아요? 그리고 저는요?"

"내일까지는 더 두고 보자. 동물들의 바이러스 잠복 기간이 하루이틀이라고는 하지만, 만약을 위해서…. 그리고 너는 아빠가 있잖아."

디안은 어쩔 수 없이 고개를 끄덕였다. 그리고 속으로 말했다.

'괜찮을 거야.'

물론 아직 녀석들에게 별다른 증세는 없었다. 감염병 통제소에 다녀오던 날, CCTV를 확인해 보니 칸은 고양이 다섯 마리와 거의 30분을 싸웠다. 결국 두 마리는 치명상을 입고 제풀에 먼저 달아났고, 나머지도 창을 넘어 도망쳤다. 칸은 고양이들에게 여기저기 물린 흔적이 역력했으나, 사흘째 감염 증세는 보이지 않았다. 아빠가 가둔 케이지 안에서 아무 일 없었다는 듯 먹고 자기를 반복했다. 어쩌면 아빠가 긴급히 이런저런 백신 주사를 놓아 주었기 때문인지도 몰랐다. 자신도 마찬가지라고, 디안은 스스로 다독였다.

디안은 얼른 방으로 들어가 우비를 챙기고 빈 배낭을 멘 다음 밖으로 나왔다.


아빠는 동물병원에서 나서자마자, 잠시 고개를 갸웃거리더니 도심이 아닌 근린공원 산책로 쪽으로 방향을 잡았다. 디안이 고개를 갸웃거리자, "우리와 똑같은 상황에 처한 사람들이 꽤 있을 거야. 그들 대부분은 도심의 가장 큰 마트부터 갔을 것이고. 그래서 장산곶 쪽 해안 리조트 단지로 가려고. 거기도 없다면, 몽금포 쪽으로 갈 거야. 바이러스가 퍼졌을 때, 가장 먼저 사람들이 떠난 곳이 리조트 쪽이잖아. 그리고 이쪽 길은 산과 언덕이어서 동물들이나 정찰 드론과도 덜 마주칠 것 같아"라고 말하며 부지런히 무빙보드를 타고 앞서갔다.

일전에 끔찍한 장면을 목격했던 공원 뒷길을 지나, 산책길이 나 있는 야산 둘레를 질주했다. 날이 조금 더 어두워질 때까지, 사람

하나 마주치지 않았다. 다만 비가 내리기 시작해서 우비를 입어야 했다.

그러다가 저편 아래쪽으로 해안 리조트 단지가 보일 무렵, 언덕 위쪽에 고라니 몇 마리가 흩어져 달아나는 모습을 보았고, 불타산 줄기로 이어지는 등산로 초입에서는 은빛 여우 무리를 발견했다. 그 모습들을 보며 아빠가 해 준 말이 생각났다. 중국과 티베트 국경 지역에서 일어났던 일, 반려동물이 야생으로 나가 바이러스에 감염된 뒤 폭력성이 생겨나고 결국 생태계 최상위 포식자가 되었다는 말. 그렇다면 지금 장산시에서도 똑같은 일이 벌어지고 있는 것일까. 정말로 난폭해진 반려동물들이 산으로 올라가 야생동물을 밀어내고 있는 것일까.

그 바람에 디안은 고개를 갸웃거렸다.

'그러면 앞으로는 무슨 일이 일어날까? 아무리 바이러스 때문이라고는 하지만, 어째서 사람까지 집요하게 공격하는 것일까.'

그런 답 없는 질문을 속으로 해 대면서 디안은 아빠를 따라 리조트 단지 안으로 들어섰다. 빗줄기는 출발할 때보다 잦아들고 있었다. 아빠는 큰길을 피해 커다란 호텔 옆 3층짜리 건물로 다가갔다. 출입문이 단단히 잠겨 있는 것을 확인한 아빠는 건물을 반 바퀴 돌아 주차장으로 들어섰고, 곧바로 비상계단을 찾았다.

캄캄한 비상계단을 따라 한두 층을 오른 뒤 아빠는 철문을 열었다. 그러자 눈앞에는 아수라장이 되어 버린 마트가 눈에 들어왔다.

눈앞에 보이는 모든 진열대는 텅텅 비어 있었다. 바닥에는 온갖 쓰레기 더미가 넘쳤고, 곳곳에 색마저 변한 온갖 채소와 과일이 나뒹굴고 있었다. 깨진 음료수병 조각이 여기저기 널려 있었고 망가진 카트도 곳곳에 처박혀 있었다.

"아, 여기도 벌써….."

아빠가 낮게 탄식을 뱉으며 중얼거렸다. 그러면서도 아빠는 마트 안쪽으로 더 들어갔다. 숨바꼭질하듯 진열대와 진열대 사이를 조심스럽게 걸었다. 하지만 마찬가지였다. 군데군데 물건이 들어찬 진열대가 있긴 했지만, 장난감과 소형 전자제품과 세제, 화장품과 운동기구 같은 것들이었다. 먹을 수 있는 것들이 있던 곳은 하나같이 비어 있었다.

"어떡해요, 아빠?"

디안은 조바심이 나서 칭얼대듯 말했다.

"우리가 한발 늦었구나. 이 정도인 줄은 몰랐는데….."

아빠의 목소리에는 실망감이 가득했다. 그럼에도 마트 가장 안쪽 진열대까지 걸어가 이곳저곳을 연신 힐끗거렸지만, 먹을 만한 것은 아무것도 남아 있지 않았다. 더 이상 안 되겠다, 싶었던지 아빠는 몸을 돌렸다.

입구 쪽으로 다시 한참을 걸어가고 있을 즈음이었다. 디안은 혹시나 하는 마음으로 진열대 이쪽저쪽을 살폈다. 그러다가 유제품이라 쓰여 있는 진열대 쪽을 무심코 쳐다보았는데, 그 앞에 누군가

서 있었다. 한 사람도 아니고, 둘이었다. 모두 아빠 또래로 보이는 남자였다. 디안은 화들짝 놀랐고, 아빠의 팔을 붙잡았다.

"여기서 뭘 하는 거요? 어서 나가요!"

유독 눈썹이 짙고 깡말라 보이는 남자가 다짜고짜 소리쳤다. 마치 제집에 들어온 사람을 내쫓듯 신경질적인 목소리였다. 아닌 게 아니라, 두 사람은 야구 방망이를 하나씩 들고 있었다.

"먹을 것을 구하러 왔어요. 그쪽도 그런 것이오?"

"여기 더 이상 먹을 것이 없으니, 빨리 나가란 말이오!"

아빠는 최대한 공손하게 말했지만, 이번에는 유독 얼굴이 희어 보이는 남자가 맵게 쏘아붙였다. 그는 당장이라도 달려들 것처럼 야구 방망이를 든 손을 부르르 떨었다.

"이봐요. 난 싸우려고 온 게 아니에요. 먹을 것을 구하러 왔다고 했잖소. 그리고 이곳이 당신들 집도 아닌데 무슨 말을 하는 거요? 그쪽이나 우리나 같은 처지 아니요?"

"시끄러워요! 어서 나가요. 당신들 때문에 동물들이 습격해 올지 몰라요. 어서요!"

"빨리 우리 말 들어요. 아니면 강제로 내쫓을 거요! 내 말 못 들었어요?"

두 사람은 갈수록 거칠게 몰아붙였다. 디안은 이해할 수가 없었다. 아무런 이유도 없이 적대적으로 대하는 것도 그렇고, 게다가 동물들이 습격해 올지 모른다니? 아빠도 어이없기는 마찬가지인 듯했다.

"대체 무슨 말을 하는 겁니까? 동물들이 우리를 따라오기라도 했다는 거예요?"

"알았으면 빨리 나가요."

"도대체 우리가 뭘 어쨌다는 겁니까?"

사람들은 손을 홰홰 내저었고, 아빠는 연신 되물었다. 디안 역시 사람들의 말을 이해할 수 없어서 어리둥절하기만 했다.

마침내 더는 안 되겠다고 생각했던지, 두 사람은 이쪽으로 다가오기 시작했다. 디안은 재빨리 아빠 뒤로 몸을 숨겼고 아빠는 급히 말했다.

"이봐요! 왜들 이러는 거예요?"

그런데 그때였다. 사람들 뒤편에서 또 다른 누군가가 달려 들어왔다.

"씨-크리처(C-Creature)예요. 피해야 해요! 강 선생, 최 팀장님! 어서요! 일단 안쪽으로 달아나요."

이건 또 무슨 소리일까. 씨-크리처라니? 그 외침에 다가오던 두 사람은 그 자리에 멈추어 섰다. 그러더니 조금 전보다 더 화를 내면 말했다.

"당신들 때문이야! 가만두지 않을 거야!"

그렇게 말하고 두 사람은 늦게 뛰어 들어온 사람과 함께 마트 안쪽으로 후다닥 뛰어갔다.

“아빠, 무슨 일이에요?”

“글쎄다, 나도….”

디안이 물었고, 아빠도 영문을 모르겠다는 듯 말끝을 흐렸다. 그런데 바로 그때였다. 문득 어느 순간 위잉, 하는 소리가 들리는 듯했고, 뒤미처 사위가 조금 전보다 어두워졌다. 그 때문에 고개를 들었는데, 천장 가까이 난 유리창이 방금 전보다 더 짙은 회색빛으로 물들었다. 왜일까, 싶었는데 무언가가 유리창에 거칠게 부딪히고 있었다.

새였다. 수많은 새가 날아와 창문에 부딪히고 있었다. 그리고 오래지 않아 이곳저곳에서 창문이 깨지기 시작했다. 그 틈으로 새들이 마트 안으로 날아들어 왔다. 비둘기였다. 몇 마리가 이리저리 날다가, 먹잇감이라도 발견한 듯 매섭게 달려들었다. 놈들은 틀림없이 디안을, 그리고 아빠를 노리고 있었다. 붉은 눈으로 매섭게 노려보면서.

정말로

그들이

우리를

노리고 있어

“디안, 달아나!”

아빠가 외치면서 디안의 손을 이끌었다. 디안은 아빠를 따라서 머리를 숙이고 진열대 사이로 달렸다. 마치 미로 게임을 하듯이, 아빠는 쭉 달리다가 오른쪽, 왼쪽으로 여러 번 꺾었다. 그러자 따라오던 비둘기가 방향을 잃기도 했고, 진열대에 부딪히기도 했다. 하지만 놈들은 생각보다 집요했다. 바닥에 떨어졌다가도 다시 날아올라 쫓아오기를 반복했다. 아빠는 어느새 바닥에 버려져 있던 긴 막대기를 하나 주워 들고 쫓아오는 새를 위협했다. 하지만 역부족이었다. 비둘기는 점점 더 늘었다.

그때, 디안은 고개를 들어 휘둘아보았다. 오른쪽 구석에 비상구 표시가 보였다. 그리고 천장에 매달아 놓은 안내문을 살폈다. 식료품, 주방용 가구, 침구류, 맥주⋯. 진열대를 안내하는 글씨를 확인했다. 그리고 아빠에게 말했다.

"아빠, 왼편 끝 비상구 보이죠? 잠시 후에 그쪽에서 만나요. 아까 그 남자들도 저쪽으로 갔어요. 함께 달아나는 것보다 각자 달아나는 쪽이 놈들을 흩어지게 하는 방법인 것 같아요."

아빠가 고개를 끄덕였다. 그 모습을 보자마자 디안은 진열대를 이리저리 돌아서 화장품 진열대 쪽으로 달려갔다. 그리고 진열대와 바닥을 뒤져서 헤어스프레이를 찾아냈다. 디안은 재빨리 두 개의 포장을 벗겼다. 그리고 달려드는 비둘기의 눈을 향해 스프레이를 뿌렸다. 그러자 달려들던 비둘기가 연이어 떨어져 나갔다.

디안은 멈추지 않고 스프레이를 쏘아 댔다. 그 덕분에 비둘기는 가까이 다가왔다가도 몸을 돌리곤 했다. 이때다, 싶어서 디안은 비상구 쪽으로 내달렸다. 그때쯤 아빠가 있는 쪽에서 연달아 퍽, 하는 소리가 났고, 무언가 부서지는 소음도 들렸다. 왠지 걱정됐지만, 디안은 스프레이를 몇 개 더 가방에 넣은 다음, 서둘러 비상구 쪽으로 뛰었다.

"헉헉!"

겨우 비상구 쪽에 다다랐을 즈음, 디안은 아주 익숙한 소리를 들었다. 비둘기 울음소리와 날개 파닥이는 소리 틈에 섞여 있는 또 다른 동물의 울음소리였다. 개와 고양이였다. 흠칫 놀라서 두리번거렸지만, 아직 눈에 보이지는 않았다. 디안은 바짝 긴장했다. 뒤섞인 소리로 추측하건대, 개와 고양이는 한두 마리가 아닌 모양이다.

디안은 숨을 크게 몰아쉬고 비상구 표시가 있는 구석 쪽으로 조심스레 움직였다. 그러자 다시 비둘기가 날아오기 시작했다. 물론 이번에도 스프레이를 쏘아 댔고, 비둘기는 날개를 거칠게 파닥이면서 옆으로 떨어졌다. 그랬다가 또 파닥거리면서 이리저리 날다가 다시 디안을 향해 날아오기를 반복했다.

"디안!"

비상구라고 쓰여 있는 구석 쪽 기둥 아래까지 거의 다다랐을 때, 아빠가 나타났다. 아빠가 들고 있는 청소 봉 곳곳에 비둘기 깃털이 묻어 있었다.

"아빠, 여기예요."

디안이 급히 말했고, 아빠는 기둥을 돌아 비상구 문을 잡아당겼다. 하지만 철컹거리는 소리만 날 뿐, 문은 열리지 않았다.

"저편에서 잠갔어."

아빠는 소리를 질렀고, 거칠게 발로 걷어찼다. 문은 꼼짝도 하지 않았다.

"어떻게 된 거예요. 그 사람들이 정말 우리를 여기에 가두고 달아난 거예요? 어떻게 그럴 수가 있죠? 이제 어떡해요?"

디안이 물었지만, 아빠는 무어라고 답하지 못했다. 서성거리고, 위아래를 두어 번 쳐다보았을 뿐이었다. 그동안에도 디안은 비둘기 두 마리를 스프레이로 날려 보냈다. 그리고 아빠에게 말했다.

"개와 고양이 소리를 들었어요! 아주 가까이에 있어요. 숫자가 꽤 많…. 아앗! 아빠, 저 위쪽이요!"

환풍기 쪽이었다. 기다렸다는 듯 고양이 한 마리가 환풍기 틈을 비집고 안으로 들어왔다. 크게 야옹, 소리를 내며 울었다. 머리카락이 쭈뼛 서는 것 같았다.

뒤미처 또 한 마리의 회색 고양이가, 그리고 그 뒤를 따라 또 치즈색 고양이가 안으로 들어왔다. 일단 여기서 달아나야겠다는 생각만 들었다. 디안은 다시 두리번거렸다. 하지만 키 높은 진열대에 가려서 먼 곳이 보이지 않았다. 디안은 재빨리 바로 앞 진열대 위로 올라갔다. 그런 중에도 비둘기는 날아왔고, 고양이들이 차례로 진열대 쪽으로 내려오고 있었다. 순간, 반대편 모서리 쪽에 또 다른 비상구 표시가 보였다.

"아빠, 저쪽이에요!"

디안은 일단 진열대에서 내려왔다. 그리고 먼저 나섰다. 뒤따라오는 비둘기는 아빠가 청소 봉으로 쳐내고, 옆에서 달려드는 비둘기는 디안이 스프레이로 쏘았다. 그래도 비둘기는 달려들었고, 그 때문에 자주 멈추어야 했다. 아빠와 부딪쳐 넘어지기도 했다.

그런데 어느 즈음에서였을까. 양쪽 비상구의 가운데쯤 되는 지점에 이르렀을 때였다. 아까 들었던 개소리가 들린다, 싶었는데 진열대 사이로 정말 개가 보였다. 처음엔 한두 마리뿐이더니 진열대 두어 개를 더 지나자, 어느새 서로 다른 종의 개가 예닐곱 마리나 눈에 띄었다.

그리고 그때 갑자기 진열대를 타고 무언가 시커먼 것이 연이어 혹 지나갔다. 그래서 몸을 슬쩍 움츠렸는데, 고양이 두 마리가 앞을 막아섰다. 순간, 디안은 멈칫했다.

몸 전체가 까만 고양이와 누런 고양이가 나란히 서서 디안을 노려보았다. 디안도 마주 보았다. 그런 채로 잠깐 서로 움직이지 않았다. 마치 약속이라도 한 듯이.

디안은 생각했다.

'무언가 잘못되었어! 지금 내가 비둘기와 고양이에게 쫓기고 있는 거 맞아? 가만히 앉아 있다가도 사람만 지나가면 후드득 날아가 버리는 비둘기가 사람을 공격하고 있다고? 그것도 구석구석 따라다니면서? 그리고 겁이 많아 먼저 도망치는 이 작은 고양이가 나를 해치겠다고 이렇게 노려보고 있는 거야?'

문득, 며칠 전 자동차를 가로막던 고양이가 생각났다. 그 바람에 아주 짧은 시간이었지만, 많은 생각이 혹 스쳐 지나갔다. 무엇보다 엄마의 말이 자꾸만 떠올랐다.

"우리는 서로를 적대시해서는 안 돼. 그건 스스로 자신이 고귀한 생명임을 포기하는 일이야. 누구든 상대를 해치려 하면 그게 사람이든 동물이든 그만한 대가를 치르도록…."

디안은 양손에 붙잡은 스프레이를 꽉 쥐고 어금니를 악물었다. 그리고 고양이를 향해 눈빛으로 말했다.

'이제부터 네가 정말 나를 해치려 한다면, 나도 가만있지 않을

거야!'

그렇게 말하자마자 디안은 재빨리 바로 옆에 있던 진열대 쪽으로 몸을 틀었다.

"디안, 그쪽이 아니야!"

아빠가 소리쳤다. 말의 뜻은 알고 있었다. 하지만 지금 당장은 고양이를 따돌리는 일이 급했다.

그러나 고양이는 진열대 너머에서 디안을 쫓아왔다. 텅 빈 진열대 너머로 가뿐하게 뛰어가는 고양이 두 마리가 보였다. 저편과 이편을 가르는 철망만 아니라면 고양이는 진작 이쪽으로 건너왔을 터였다.

조금 더 뛰었을 때, 진열대가 끝났다.

"아빠!"

디안은 소리치고, 진열대 끝 지점에서 앞쪽으로 손을 쭉 뻗어 앞으로 미끄러졌다. 배가 쓸리며 통증이 느껴졌지만, 참았다. 아빠도 디안을 따라 쭉 미끄러졌고, 곧바로 다음 진열대 앞에서 일어났다. 얼른 뒤돌아보니, 고양이가 뛰어올라 허공을 할퀴고 있었다.

"아빠, 이쪽이에요!"

디안은 다음 진열대를 돌았다. 하지만 거기가 끝이었다. 돌아서는 순간, 그 반대편에는 어느새 개들이 기다리고 있었다. 고양이를 피하느라 방향을 잘못 바꾼 탓인 듯했다. 더구나 한쪽은 벽이었다.

아!

디안은 순간적으로 주저앉을 뻔했다. 더 이상 달아날 틈이 없었다.

"아빠…!"

디안은 벽에 기대어 서며 입을 열었다. 자신도 모르게 목소리가 떨렸다. 그러자 아빠가 디안 앞으로 나서서 앞과 옆으로 청소 봉을 휘둘렀다.

그런데 그때였다. 디안도 이리저리 두리번거리다가 고개를 들어 얼핏 깨진 창문 너머를 바라보았다. 거기에 드론이 떠 있었다.

헉!

디안은 자신도 모르게 숨을 멈추었다. 감염병 통제소에 다녀오던 날, 작은 강아지 뒤에 버티고 서 있던 드론의 모습이 떠올랐다. 시 당국에서 내보내는 정찰 드론과는 달랐다. 정찰 드론은 크고 전체적으로 사각형 모양이어서 투박해 보였다. 하지만 지금 창밖을 떠다니는 드론은 마름모꼴이면서 박쥐 같은 모양이었다.

디안은 숨을 몰아쉬었다. 그리고 진열대에 앉은 비둘기 떼와, 왼편의 고양이 무리, 오른편의 개 무리를 한 번씩 쳐다보았다. 고양이는 열댓 마리가 넘는 듯했고, 개 역시 크기가 다르긴 했지만 스무 마리는 되어 보였다.

'어떻게 해야 할까?'

빨리 생각해야 했다.

'엄마! 제발….'

디안은 빌고 또 빌었다. 여기서 빠져나가도록 도와달라고. 하늘의 문이라도 열어 달라고! 하지만 문은 열리지 않았고, 아빠가 디안의 스프레이 하나를 뺏어 들었다.

"옆으로 물러서거라! 위험할 거야!"

그러더니 아빠는 고양이들을 향해 스프레이를 뿌렸다. 그리고 곧바로 캠핑용 라이터를 켜더니 스프레이 분사구 앞쪽에 댔다. 그러자마자 불길이 앞으로 쭉 뻗어 나갔다.

"끼야야아옹!"

고양이들이 놀란 듯 뒤로 물러났다. 비둘기 여러 마리도 파닥거리면서 날아올랐다.

"아빠!"

"뒤에 바싹 붙어 따라오너라! 아빠가 오면서 봤는데, 저 앞에 문이 또 하나 있더구나."

아빠의 말에 디안은 그쪽을 쳐다보았다. 천장에 '푸드 스퀘어'라는 안내판이 걸려 있었다. 디안은 아빠에게 고개를 끄덕였다. 그리고 아빠가 한 발 뗄 때마다 앞으로 조금씩 움직였다.

그런데 그때, 뒤쪽에 있던 개들이 그르렁거리면서 더 가까이 다가왔다. 그 소리를 들었는지 아빠는 재빨리 돌아서더니 스프레이를 개들에게 뿜었다. 개들이 화들짝 놀라며 그 자리에 멈추어 섰다.

아빠는 조금씩 푸드 스퀘어를 향해 나아갔다. 불붙은 스프레이를 이리저리 움직이자, 동물들은 선뜻 나서지 못했다. 고양이는 거칠게 울고, 개들은 그르렁거렸다. 비둘기는 답답한 듯 날개를 푸드덕거렸다.

그런데 푸드 스퀘어 입구를 예닐곱 걸음 남겨 놓았을 때, 갑자기 불길이 사라졌다. 스프레이의 내용물이 모두 바닥 난 모양이었다. 동시에 뒤따라오던 개들이 휙 뛰어올랐다. 한 마리는 달마티안이었고, 한 마리는 황토색 푸들이었다.

"아악!"

달마티안은 어깨 위를, 푸들은 몸을 숙인 디안의 등 쪽을 발로 긁어 댔다. 얼결에 디안은 양손으로 머리를 가리고 벽 쪽으로 고개를 돌렸다. 그러자마자 또 다른 개들이 달려와 다리를 물었다. 머리 위에서는 비둘기들이 날개를 펄럭거렸고, 몇 번은 머리를 쪼는 듯했다. 그 사이 아빠가 디안 손에서 스프레이를 빼앗아 갔다.

"이놈들아, 저리 가지 못해!"

아빠가 소리를 지르며 다시 스프레이에 불을 붙였다. 그러자 비둘기는 날아가고, 개와 고양이는 다시 뒤로 물러났다. 그러자마자 아빠는 재빨리 푸드 스퀘어로 통하는 복도 문 앞에 다다랐다. 이곳저곳, 넘어지고 부딪친 자리가 아팠지만, 참고 아빠를 따라갔다.

문은 쉽게 열렸지만, 어둑한 복도가 이어졌다. 디안은 뒷걸음질로 복도를 걸었다. 동물들 역시 연이어 좁은 복도 안으로 들어섰다.

생각보다 복도는 길었다. 그 복도 끝까지 가는 동안, 동물들은 섣불리 달려들지 않았다. 스프레이에서 나오는 불길 때문인 듯했다. 고양이는 연신 붉은 눈을 치켜뜨며 울었고, 개는 큰소리로 짖었다. 비둘기는 천장에 바짝 붙어서 거푸 날갯짓했다. 그때마다 깃털이 떨어지곤 했다.

복도 끝에 이르자 백화점 입구처럼 예닐곱 개의 출입문이 병풍처럼 앞을 가로막았다. 하지만 모든 출입문이 단단히 잠겨 있었다. 블라인드를 내린 안쪽이 보이지 않아서 답답했다.

"아, 아빠! 어떡해요?"

디안이 울컥거리는 목소리로 물었다. 그러나 아빠는 대답하지 않았다. 가능성은 없어 보였다. 유리문 안쪽은 굵은 창살로 된 방범문이 설치되어 있었다. 아빠가 돌아서더니 디안에게 말했다.

"디안, 네가 할 수 있지?"

아빠는 디안에게 스프레이를 내밀었다. 디안은 어금니를 악물고 스프레이에 불을 붙였다. 그리고 천천히 이쪽저쪽에 쏘았다. 그저 기계적으로 흔들고만 있어도 동물들은 머뭇거렸다. 그사이 아빠는 뒤에서 문을 밀고 당기기를 반복했다. 나중에는 안 되겠는지 청소 봉으로 때리기 시작했다. 하지만 유리가 얼마나 튼튼한지 도리어 청소 봉이 부러지고 말았다.

이번에는 가방을 열더니 펜치를 꺼냈다. 아빠가 단단히 준비하고 나왔다는 생각이 들었다. 그걸로 유리문을 내리찍기 시작했다. 하지만 그마저도 쉽지 않았다. 흠집은 났지만, 문은 꼼짝도 하지 않았다. 손잡이를 내리쳤지만, 그냥 부러지고 말았다. 그러는 동안 스프레이의 불꽃은 작아져만 갔다.

디안은 점점 다가오는 동물들을 피해 뒤로 자꾸 물러났다. 하지만 곧바로 등이 문에 닿았고, 더 이상 달아날 곳이 없었다. 그리고 뒤미처 스프레이에서 뻗쳐 나가던 불꽃도 꺼져 버렸다.

아!

낮은 숨이 새어 나왔다. 동시에 노란 고양이 한 마리가 먼저 휙 튀어 올랐다. 디안은 깜짝 놀라 뒤로 몸을 눕혔다. 그런데 이게 무슨 일일까. 마치 기다렸다는 듯이 문이 열렸고, 디안은 뒤로 굴러 푸드 스퀘어 안쪽으로 밀려 들어갔다. 바로 옆에 서 있던 아빠 역시 뒤로 넘어졌다.

아주 잠깐 사이에 기막힌 일이 일어났다. 디안은 등에 잔뜩 힘을 주고 있던 터라 문이 열리면서 만세를 부르며 넘어졌다. 그 바람에 커튼과 함께 허우적거렸다. 얼른 일어나려 버둥거리는 순간, 무언가가 양팔을 잡아 식당 안으로 쭉 끌어당겼다.

으헉!

다시 한번 비명을 질렀는데, 이어서 철컥, 하는 소리가 들렸다. 문이 닫혔고, 일시에 동물들이 눈앞에서 사라졌다. 디안은 얼른 몸을 추슬렀다. 그리고 일어섰는데, 마스크를 쓴 소년이 서 있었다. 식당 안이 아주 밝은 편이 아니라 확인할 수는 없었지만, 작은 키로 보아 자신보다 한두 살은 어려 보였다. 미소년이랄까. 소년은 특이하게도 흰 바지와 무릎 아래까지 올라오는 부츠를 신고 있었다. 한 손에는 채찍 같은 것을 들고 있었다.

"너는 누구냐?"

"그쪽부터 말하세요. 누구시죠? 송민호와 한패인가요?"

어린아이치고는 당돌했다. 아빠가 묻는 말에는 대답하지 않고, 소년은 잔뜩 경계하며 물었다. 목소리는 어른처럼 굵었고 저음이었다.

"송민호? 그게 누구지?"

"다행히 아닌 모양이군요. 여기에 먹을 것을 구하러 오셨나요? 그렇다면 잘못 짚으셨어요. 이곳의 먹을 것은 송민호가 모두 차지했어요. 빨리 돌아가시는 게 좋을 거예요."

소년은 차갑게 말했다. 약간 흥분한 듯한 느낌도 들었다.

"알았다. 너무 다그치지 마라. 우리도 어차피 여기에서 나가야 해. 숨 좀 돌리자꾸나."

그리고 아빠는 정말로 숨을 크게 들이쉬고 내쉬었다.

디안은 사방을 돌아보았다. 대형마트나 복합 쇼핑센터에서 흔히 볼 수 있는 푸드코트였다. 한가운데는 커다란 분수대가 있고, 그 분수대를 중심으로 원을 그리며 수백 개의 테이블이 놓여 있었다. 그리고 그 바깥 둘레에 다양한 이름을 가진 식당들이 늘어섰고, 간판도 가지각색이었다.

"자, 이제 돌아가세요. 여기도 안전하지 않아요."

문득 소년이 퉁명스럽게 말했다.

"그래. 하지만 한 가지 묻고 싶은 게 있다. 이야기해 주면 갈게. 저 사람들 말이다. 그러니까 송민호란 사람은 왜 저 동물의 공격이 우리 탓이라고 하는 거지?"

아빠는 소년을 달래고 조금 전보다 더 차분하게 물었다.

"정말 모르시는 거예요?"

"몰라서 묻잖아. 우린 그저 먹을 것을 구하러 왔을 뿐이야. 그런데 갑자기 동물들이 나타났⋯."

아빠 대신 디안이 나섰다. 소년의 태도가 왠지 무례하다는 생각이 들어서였다. 자초지종을 설명해 주던가, 하면 될 텐데, 자꾸만 몰아붙이는 느낌이 들었다. 그런데 소년이 말을 끊었다.

"맞아. 너와 아저씨 때문이야."

"뭐라고?"

소년이 디안과 아빠를 번갈아 쳐다보며 말했다. 디안은 그 말이 몹시 불쾌하게 들려서 소리를 높였다. 그러나 소년은 동요하지 않았다.

"씨-크리처는 사람을 찾고 있어요. 이유는 모르겠지만, 사람을 따라서 움직여요. 바이러스 이후에 도시를 나가지 못한 사람들은 두려움과 공포심에 밖을 나다니지 않거든요. 물론 초기에는 어디든 사람이 있었지만, 지금은 아니잖아요. 감염병 통제소에 가지 못한 사람들은 제집에 숨어서 꼼짝도 하지 않죠. 그래서 밖에 나다니는 생명체에 아주 민감해요."

"씨-크리처?"

"저 좀비 같은 동물들을 그렇게 부르던데요? 이제 이해되시나요?"

"그, 그게 사실이라면…? 넌 어찌 알았니?"

아빠가 되물었다. 목소리가 떨리는 느낌이 확연했다. 몹시 충격을 받은 듯했다. 나 역시 아까 깡마른 남자가 한 말이 억지라고 생각했는데, 뭔가 이해가 될 듯도 했다.

"데이터요."

"데이터라니? 지금 뉴스나 인터넷엔 그런 소식은 거의 없는데? 그럼…. 혹시 다크넷?"

이번에도 디안이 물었다. 그러자 소년은 고개를 끄덕였다.

"조금 더 자세히 말해 줄 수 있니?"

"별거 아니에요. 다크넷에서는 사람들이 씨-크리처에게 공격당한 과정을 비교적 상세히 기록해서 알려 주더라고요. 그런데 한 번도 가만히 앉아서 공격당한 적은 없어요."

아빠의 질문에 소년은 여전히 차갑게 대답했다. 그 말을 듣고 디안은 아무 말도 할 수 없었다. 진작에 다크넷이라도 뒤적거려야 했는데, 고작 친구들의 SNS만 쳐다보고 있던 자신이 한심하게 여겨졌다.

그런데 그때, 소년이 말을 이었다.

"더 무서운 일은 뭔지 아세요?"

“…?”

소년의 말에 디안은 고개를 갸웃거렸다. 소년이 디안을 쳐다보며 말했다.

“이제 씨-크리처는 무리도 많아졌어. 결국 힘이 더 세졌다는 이야기겠지. 그런데 반면 도시에 남아 있는 사람들은 점점 더 약해지고 있어.”

“무슨 말이지?”

“너와 같은 사람들 말이야.”

“무슨 말이냐고?”

디안은 소리를 높였다. 자꾸만 아는 체하면서 은근히 자신을 깔보는 것 같은 느낌이 들어서였다.

그런데 소년은 선뜻 대답하지 않았다. 저편 어디선가 인기척이 들려서였다. 소년은 고개를 갸웃거리다가 저편으로 뛰어가더니 얼른 되돌아왔다.

그러더니 말했다.

“일단 숨어야겠어요. 송민호가 이리로 오고 있어요.”

소년은 여러 번 두리번거리다가 디안이 들어온 반대편 쪽으로 급히 걸어갔다. 하지만 디안은 꼭 그래야 하나 싶었다. 그래서 선뜻 걸음이 떼어지지 않았다. 그러자 소년이 마치 디안의 속마음을 읽은 듯 말했다.

“지금은 자존심 따위를 지키려 할 때가 아니야. 그리고 무엇보다 송민호란 사람은 자신을 위해서는 무슨 짓이든 할 사람이야. 내 말 이해가 안 돼?”

소년의 말에, 디안은 아까 무서운 기세로 달려오던 말라깽이 아저씨의 모습이 떠올랐다. 디안은 일단 소년을 따라갈 수밖에 없었다. 아빠 역시 어쩔 수 없지 않겠느냐는 표정이었다. 소년은 이리 저리 둘러보더니 ‘타이백 스트릿’이라는 간판이 붙은 음식점으로 걸어갔다.

저편에서 사람들의 웅성거림이 들렸다. 그러자마자 디안의 가슴이 뛰기 시작했다.

도시가

페쇄

되었습니다

얼결에 소년을 따라 숨은 곳은 음식점의 주방 같았다. 어두컴컴
했지만, 한쪽 벽에 다양한 조리 기구들이 걸려 있었고, 벽 쪽에 가
스레인지도 보였다. 문을 닫은 지 꽤 되는 것 같은데, 음식 냄새와
퀴퀴한 곰팡내가 코를 찔렀다.

그 냄새가 익숙해질 무렵, 음식점 너머에서 어른 남자들의 목소
리가 또렷하게 들려왔다.

"이제 여기를 철저히 지켜야 해요. 혹시 또 누가 이쪽에 오더라
도 의심하지 않도록 말이에요."

"출입구마다 잘 막아 놨어요. 우리 벙커에서 이쪽으로 통하는
길 하나만 빼고 모두 차단했어요."

"이젠 사람만이 아니라 동물들의 습격도 대비해야 한다고요. 이
미 애니 포털에서 보낸 드론에 노출되었기 때문에 여차하면 다시

들이닥칠 수 있어요. 아까 그자들만 아니었으면….”

“그자들은 보이지 않아요. 아마 달아났을 겁니다. 아니면 동물들의 먹잇감이 됐거나.”

“그래요. 혹시 시신이라도 발견되면 빨리 치워요.”

“밖에서 발견된 동물의 사체는 어떻게 할까요? 개와 고양이를 비롯해서…. 늑대랑 살쾡이도 있었어요. 야생동물들 말이에요.”

“그것들은 그냥 둬요. 누구든 동물 사체가 널려 있는 걸 보면 이곳을 피해 가려 할 거예요. 애니 포털의 드론이 발견해도 한번 크게 일을 치른 곳이니까 더 이상 동물을 보내지 않을 것이고요.”

여러 사람의 목소리가 가까워졌다가 다시 멀어져 갔다. 한 사람이 묻고 두세 사람이 대답했다. 목소리로 보아, 그 한 사람은 깡마른 사내 같았다. 그런데 그들의 말이 하나같이 의아하고 수상했고, 섬뜩했다. 그중에서 디안의 귓속에 깊이 파고든 단어는 애니 포털의 드론이었다. 감염병 통제소에서 돌아오다가 처음 만난 바로 그 드론을 말하는 것 같았다. 조금 전에도 본 박쥐 모양의 드론과 똑같이 생긴 드론에 관해 그들도 알고 있는 것이다.

그래서 문득 생각했다.

‘지금 아저씨의 저 말은, 동물들이 드론의 조종을 받고 있다는 뜻 아닌가? 이를테면 드론의 통제를 받은 동물들이 나와 아빠를 추적해서 사람들이 있는 곳을 습격했다? 애니 포털에서?’

그런 생각이 들자, 온몸이 떨렸다. 하지만 그래도 의문이 남았다.

'그게 사실이라면, 애니 포털에서는 왜 동물들을 조종하는 것이고, 심지어 무슨 이유로 동물이 사람을 공격하게 하는 것일까? 아니, 그게 가능한 것이기는 할까? 무엇보다 어떻게 드론으로 동물을 통제한다는 말일까?'

디안의 머릿속이 복잡해졌다. 저도 모르게 고개를 저었다.

애니 포털은 말 그대로 동물연구소였다. 세계에서 가장 크고 다양한 시설을 갖추고 있었다. 멸종해 가는 동물들을 보호하거나 복원하고, 다양한 동물실험을 통해 인간에게 편익을 제공하며, 미래형 반려동물 보급에 힘쓰는…. 애니 포털의 홈페이지 첫 화면에는 그런 말들이 쓰여 있었다. 행복하게 뛰어노는 강아지, 고양이 사진과 함께. 그리고 화면 가장자리에는 햄스터나 토끼, 혹은 도마뱀과 같은 동물들까지. 맨 위쪽에는 '반려동물의 낙원 장산시에서 함께 합니다!'라는 표어가, 아래쪽에는 '장산시의 모든 반려동물을 케어합니다'라는 표어도 반짝거렸다. 학교에서도 종종 체험학습을 갔고, 지난해 가을에도 아빠를 따라 견학을 갔었다. 지금도 기억나는 장소는, 전 세계의 다양한 반려동물을 직접 만져 볼 수 있는 종합 체험장과 반려동물들의 단점을 없애고 장점을 극대화한 차세대 반려동물관 같은 곳이었다. 그뿐만 아니라, 야생동물을 반려동물로 훈련해 분양해 주는 종별 분양 센터도 기억에 선명했다. 그때 보았던 미어캣이나 사막여우 같은 동물이 기억났다. 이제 야생뿐만 아니라, 사람들 곁에서 자라게 된 야생동물들….

아니 지금은 그런 걸 떠올릴 때가 아니었다. 디안은 다시 생각했다.

'정상적이라면, 이렇게 생각해 볼 수는 있다. 바이러스에 감염된 동물들을 통제해서 더 이상 바이러스가 전염되지 않도록 한곳으로 모이도록 유도하거나…. 이를테면 동물들은 특정한 소리에 이끌리기도 하니까. 소리가 아니면 냄새로 유혹해서 안전한 지역으로 이동시키고….'

그러나 디안은 고개를 저었다. 지금은 모든 게 거꾸로 돌아가고 있으니까. 말라깽이 남자의 말만 떠올려 보자면, 동물들은 작정하고 사람을 추적하고 있으며, 그것은 드론에 의한 것이다? 하아! 디안은 아무리 생각해도 이해할 수가 없었고, 머리만 아팠다.

그러다 문득 아까 소년이 했던 말이 떠올랐다. 그래서 조심스레 물었다.

"아까 한 말이 무슨 뜻이야? 나와 같은 사람들이라고 했잖아. 우리가 뭘 어쨌기에?"

그러자 소년은 무슨 말이냐는 듯 디안을 쳐다보았다. 그림자가 짙게 가리고 있어서 소년의 표정은 잘 보이지 않았다. 자기가 한 말을 까먹은 듯, 소년은 잠시 눈을 껌벅거리더니, 시간이 조금 더 흐른 뒤에 대답했다.

"숨어 있던 사람들은 이제 곧 먹을 것이 다 떨어질 거야. 그럼 이제 너와 아저씨처럼 밖으로 나오겠지. 먹을 것이 있는 곳으로, 그게 힘든 사람은 아는 사람이라도 찾아서 말이야. 그럼 동물들은 그들을 따라가 인간들을 공격할 거야. 더 많은 사람이 다치거나 그들과 함께 있던 반려견들이 감염될 테지. 그럼 도시는…? 바암(bomb)!"

소년은 끝말을 하면서 알 수 없는 미소를 지었다. 얄미웠다. 자신만 아는 말을 하는 듯해서였다. 키도 작고, 틀림없이 두 살은 어려 보이는데…. 그때 아빠가 되물었다.

"도시 폐쇄?"

"아뇨. 그건 이미 시작됐고, 정말로 빵 터지는 거죠. 진짜로…."

그 말에, 디안은 머리가 띵해졌다. 도대체 소년은 무엇을 말하려는 것일까? 아빠 역시 답답했던지 곧바로 소년에게 물었다.

"혹시 정말로…."

"아직은 그렇게 추측하는 것이에요. 그래서 다크넷을 매일 뒤지고 있어요. 어차피 장산시의 인터넷은 철저히 통제되고 있는 것 같거든요."

"잠깐만! 정말 동물들이 사람들을 찾아다니면서 공격하는 거 맞아? 어떻게 확신하지?"

"당해 보고도 못 믿겠다는 거야?"

나름 진지하게 물었던 디안은, 소년의 간단한 대답에 맥없이 무너지고 말았다. 하지만 오기가 생긴 디안이 한 가지 더 물었다.

"감염병 통제소에서는 도시로 돌아가라 했는데, 그럼 통제소에서는 이 사실을 모른다는 거네?"

소년은 고개를 끄덕였다. 그러자마자 이번에는 아빠가 나섰다.

"앞으로는 동물들이 왜 사람들을 공격하는지 알아내야겠구나."

그리고 한동안 아무 말도 없었다. 디안은 머리가 더 복잡해져서 더 물을 말이 없었고, 아빠도 아까부터 무언가 생각하는 듯 잔뜩 인상을 쓰고 있었다. 그래서였는지 소년은 앉았던 자리에서 일어나 밖으로 나가 사방을 살폈다. 그런 다음 낮은 소리로 말했다.

"이제 나오세요."

디안은 아빠와 함께 밖으로 나섰다. 그러자마자 소년이 다시 말했다.

"나가는 길을 가르쳐 드릴게요. 저쪽으로 가면 에스컬레이터가 나올 거예요. 2층에도 상점이 있는데, 화장실을 찾으세요. 그 가까이에 비상계단으로 가는 문을 쉽게 찾을 수 있…."

"아니 그보다, 우린 네가 알다시피 먹을 게 필요해. 네가 먹을 것이 있는 곳을 알 것 같은데?"

소년은 디안이 들어왔던 문 오른쪽을 가리키며 말했다. 그런데 아빠가 소년의 말이 채 끝나기도 전에 말을 꺼냈다. 디안은 아빠와 소년을 번갈아 쳐다보았다.

"보셨잖아요. 모두 사라진 거."

"아니. 누군가 가져간 게 아니라, 어딘가로 옮겨 놓은 것 같던데."

“네?”

“약탈했다면 많은 사람이 다녀간 흔적이 있어야 해. 그런데 그런 흔적이 없어. 그리고 아까 그 송민호라는 사람의 태도로 보아서 식량을 훔치려는 사람들을 그냥 두었을 것 같지 않아. 즉 식량을 지키려면 처음부터 아주 견고하게 마트를 지켰을 것 같은데, 그렇지는 않더구나. 마트 안을 일부러 어질러 놓긴 했는데, 비교적 차분했어.”

그러자 소년은 머뭇거렸다. 무슨 말을 하려는 듯했는데, 끝내 입을 열지 않았다. 숨을 몇 번이나 길게 내쉬고 나서 마스크를 벗었다. 흰 얼굴이었다. 이목구비가 뚜렷했고, 곱상했다.

“조건이 있어요.”

“…?”

“도와주세요. 할아버지한테 가야 해요.”

“무슨 말이냐?”

“저는 할아버지와 단둘이 이곳에 남았어요. 할아버지는 다쳐서 움직이지 못하시고요. 저도 아저씨처럼 먹을 것을 구하기 위해 여기까지 왔어요. 이틀 전에요. 그래서 사흘 동안 숨어 있으면서 먹을 것이 아직도 이곳에 남아 있다는 사실을 알게 됐고요.”

“그런데 왜 아직 달아나지 않았니?”

“처음엔 빠져나갈 방법을 몰랐고, 지금은 씨-크리처 때문이에요. 어제 오후에도 나가려다가 씨-크리처에게 쫓겨 다시 돌아왔어요."

디안은 갑작스러운 전개가 의아했다. 한편으로는 이해될 것 같기도 했다. 그러나 궁금한 게 있었다.

"송민호란 사람에게 부탁해 볼 생각은 안 했고? 난 네가 그 사람과 한패인 줄 알았는데?"

"아니, 숨어 있으면서 이름도 알게 된 것일 뿐이야. 내가 지켜본 바로는…. 무엇보다 그 사람은 식량을 나눠 주지 않을 거야. 자기들끼리만 차지하려고 해. 어제도 이곳에 먹을 것을 찾으러 온 사람들이 있었는데, 쫓아냈어. 어린아이가 있다며 사정했는데도 말이야. 석궁으로 위협하기도 했어."

"설마…."

"송민호란 사람만이 아니야. 여기 오기 전에 만난 사람 모두가 하나같이 나를 적대시했어. 아니, 서로가 서로를…."

"그래서 너도 거짓말을 한 거야?"

"무슨 말이야?"

"식량이 없다고 다른 곳으로 가라고 했잖아. 지금은 식량이 있는 곳을 알고 있다는 거 아니야?"

"그건…."

"디안, 지금은 그걸 따질 때가 아닌 것 같다. 일단 우리라도 서로 믿고 의지하는 수밖에 없을 듯하구나."

아빠가 끼어드는 바람에, 디안은 말을 멈추었다. 그러자마자 아빠는 소년에게 말했다.

"넌 우리를 믿을 수 있니?"

아빠의 말에 소년은 고개를 끄덕였다. 그러더니 다시 식당 안으로 들어갔다.

"식량은 저 안에 있어요. 아저씨 말이 맞았어요. 송민호가 마트 안의 먹을 것들을 이 식당들에 분산해서 숨겨 두었어요. 그리고 약탈당한 것처럼 꾸몄죠."

그러더니 소년은 주방 안쪽에서 밀가루와 라면과 과자와 초코바, 햄 같은 것을 수도 없이 꺼내 놓았다. 그런 다음 한참 만에 씩 웃으며 말했다.

"셋이 들고 가려면 이 정도면 되겠죠? 참, 제 이름은 태서라고 해요."


디안은 배낭에 넣을 수 있을 만큼 라면과 햄을 잔뜩 넣었고, 아빠는 배낭을 채우고도 한 손에는 커다란 봉지를 들었다. 태서는 종이상자에 통조림과 과자를 넣은 다음, 끈을 이리저리 엮어서 배낭처럼 만들었다.

마트를 빠져나왔을 때, 비는 그쳤고 서쪽 하늘에 구름 사이로 해가 빼꼼 얼굴을 내밀었다. 짐은 모두 아빠의 무빙 보드에 싣고, 태서는 디안의 무빙 보드에 탔다. 아빠는 짐 때문에, 그리고 디안은 태서를 태운 탓에 무빙 보드는 아날로그 모드로 전환해야 했다. 그

때문에 속도는 느렸다. 디지털 모드는 지면에 닿지 않고 스마트 도로를 주행하는 방식이어서 빨랐지만, 두세 사람이 타거나 짐을 실으면 지면에 보드의 스페어 바퀴가 닿았다. 그래서 속도에 한계가 있었다. 다만 길이 아닌 곳으로도 갈 수 있다는 이점이 있긴 했다.

한동안 아무 말 없이 달리기만 했다. 마음이 바빠서였다. 리조트에서 빨리 멀어지는 편이 좋을 것 같았고, 언제 씨-크리처가 나타날지 알 수가 없어서였다.

공원길 중반까지 왔을 때, 뒤에 선 태서가 먼저 입을 열었다.

"혹시 학교는 어디 다니니? 난 장산학교 의무 등급 9학년이야."

그 말에 디안은 깜짝 놀랐다. 뒤를 돌아볼 뻔했다. 키가 작아서 겨우 7학년이나 됐을까, 생각했는데 오산이었다.

"그럼, 열여섯 살? 나, 난 8학년⋯."

"그럼 내가 오빠네?"

"하지만 난 11월에 태어났어."

"아, 난 12월!"

쳇! 공연한 자존심을 부리려다가 오히려 뒤통수만 맞은 꼴이었다. 디안은 공연히 얼굴이 붉어졌다. 물론 마주 보고 있지 않아서 티가 나지 않을 것이니, 그것만은 다행이었다. 하지만 조금은 마음이 틀어져서 디안은 대뜸 물었다.

"아까 대답 안 했어요. 왜 거짓말했냐고 물었잖아요."

"미안해. 사람들한테 여러 번 속았고, 이유 없이 적대시 당하고 해서…. 나도 사람들을 믿을 수가 없더라고. 그리고 한편으로는 너랑 아저씨가 그냥 무사히 빠져나가기를 바라는 마음도 있었어. 무엇이라도 찾기 위해서 그곳에 더 오래 머무르다가 정말 무슨 일을 당할 수도 있으니까.”

“….”

“먹을 것을 찾으러 나갔는데, 아는 이웃도 거칠게 문을 닫고 다시는 찾아오지 말라고 하더라. 어떤 사람은 길 가는 내게 달려들어 먹을 것을 내놓으라고 위협하기도 하고. 친구들도 다 외면했고. 그 바람에 나도 모르게 반발심도 일었고….”

태서는 변명하듯 말했다. 디안은 가만히 듣고 있었다. 고개를 끄덕이지는 않았지만, 조금은 이해할 수 있을 것 같았다.

잠시 아무 말 없이 시간이 지나갔다. 무빙 보드가 언덕을 오르느라 거친 소음을 냈다. 디안은 공연히 어색해서 물었다.

“그런데 오빠는…. 아니, 그러니까 왜 아직 떠나지 못했어요?”

저도 모르게 나온 오빠란 말 때문에, 디안은 숨을 멈추었다. 그러느라 뒷말이 한마디 늦게 나왔다. 다시 얼굴이 붉어졌다.

“말했잖아, 할아버지가 다쳤다고…. 난 운전을 해 본 적도 없고, 그렇다고 말을 타고 갈 수도 없고….”

“말이요?”

“할아버지가 일하는 곳이 동물원이거든. 몽금포 제2동물원에서 오랫동안 말 조련사를 하셨지. 두 달 전에 말에서 떨어지셔서 다친 거고.”

“아…. 엄마랑 아빠는요?”

흡! 디안은 묻자마자 후회했다. 무슨 가정환경 조사를 하는 것도 아니고. 그러나 질문은 떨어졌고, 태서는 곧바로 입을 열었다.

“부모님은 개성 무역 특화 도시에 사셔. 난 공부하기 싫어서 할아버지한테 도망 나온 중이었지.”

“응?”

“아, 별건 아니야. 모든 부모님이 그러시잖아. 특히 우리 엄마는 내가 조금 더 열심히 공부해서 서울에 있는 대학에 가길 바라셨거든. 너희 엄마는 안 그러셔?”

“엄마는 안 계셔.”

“아, 미안! 나는 별 뜻 없이….”

“아니야. 괜찮아.”

어색함을 깨려고 한두 마디 꺼낸 것이 오히려 더 어정쩡한 대화가 되고 말았다. 그 바람에 디안은 더 이상 할 말을 잃고 말았다. 물론 더 어색해졌고. 그래서 공연히 무슨 말을 꺼내야 할지 머릿속만 소란스러워졌다.

그때였다. 문득 앞서가던 아빠의 무빙 보드가 멈추어 섰다. 디안도 일단 브레이크를 잡고 앞을 바라보았다. 아빠의 어깨 너머로 교차로가 보였다. 그런데 그쪽 어디선가 요란한 소리가 들렸다. 동물들이 내지르는 비명이었다. 그 소리만으로도 섬뜩했다.

아빠는 무빙 보드에서 내려 천천히 소리가 나는 쪽으로 걸어갔다. 그러다 뒤를 돌아보더니, 이쪽으로 손짓했다. 따라오지 말고 기다리라는 것 같았다. 하지만 디안은 자신도 모르게 계속 아빠를 따랐다. 소리가 가까워지면서 등골이 오싹해졌지만, 멈출 수가 없었다.

'또 무슨 일이 벌어지고 있는 것일까?'

그 궁금증에 조금씩 더 앞으로 나아갔다. 그리고 마침내 교차로 부근까지 이르렀다. 교차로 모퉁이에서 아빠는 길가의 큰 가로수 뒤에 숨어서 앞을 엿보았다. 아빠가 더 이상 오지 말라는 신호 대신에, 뒤에 와서 몸을 감추라는 신호를 보냈다.

아!

저편 앞에서 동물 수십 마리가 뒤엉켜 싸우는 모습이 눈에 들어왔다. 공원에서 본 장면도 그랬듯이 이번에도 낯설었다. 도대체 이게 무슨 일이란 말인가.

왼편의 한 무리는 주로 개와 고양이였지만, 그 틈새에 작은 동물들도 보였다. 얼핏 보기에는 쥐 같았지만, 고슴도치와 햄스터 무리였다. 그리고 그들의 머리 위에는 비둘기 몇 마리가 파닥거렸다. 그리고 반대편 무리는 늑대와 여우와 삵이었다. 이런 해괴한 싸움이 가당키나 한 것일까, 싶을 만큼 양쪽 무리는 치열하게 뭉쳤다가 흩어지기를 반복하면서 난투극을 벌였다.

그런데 무언가 이상했고, 더 괴이했던 것은 왼쪽 무리의 선두에

선 셰퍼드였다. 등과 주둥이가 검은 셰퍼드가 앞서서 달려 나가면, 일제히 다른 무리가 뒤를 따라 예닐곱 마리의 오른쪽 무리를 공격했다. 놈이 멈추면 무리도 멈추었고, 몸을 돌리며 거칠게 짖어 대면 오른쪽 무리를 포위하며 달려들었다. 그건 마치 장수가 부하들을 이끄는 모습과 흡사했다. 이를테면 셰퍼드의 지휘에 따라 크고 작은 개와 고양이, 그리고 비둘기와 나머지 동물들이 일사불란하게 움직이는 모습이었다. 그리고 그 위에는 여지없이 애니 포털의 드론이 떠 있었다.

"샤오린이에요!"

문득 태서가 중얼거리듯 말했다.

"저 셰퍼드 말이냐?"

"네, 저 녀석을 알아요. 몽금포 제2동물원의 경비견이에요. 한쪽 귀가 짧은 걸 보면 틀림없어요. 여덟 마리의 경비견 중 가장 용맹한 녀석이에요."

아빠의 물음에 태서가 대답했다. 마치 강조라도 하듯 뒷말을 덧붙였다.

"설마⋯."

"할아버지 일터에 자주 갔던 터라, 오가며 종종 봤어요."

아빠가 못 믿겠다는 듯 고개를 저었고, 태서는 한마디를 더 했다. 그러는 동안, 샤오린은 제 편의 동물들을 이끌고 늑대와 여우 무리를 거칠게 몰아붙였다. 싸움의 승패는 이미 결정된 듯했다.

"아빠, 이게 말이 돼요?"

"나도 믿을 수가 없구나. 일단 빨리 집으로 돌아가야겠…."

디안의 말에 아빠가 살짝 굽혔던 허리를 폈다. 그런데 바로 그 순간, 기다렸다는 듯 가로등이 일제히 꺼졌다. 그리고 사방이 순식간에 암흑으로 변했다.

"헉!"

디안은 아빠의 옷소매를 꼭 붙잡았다. 그리고 잠깐 정적이 흘렀다. 그런 중에도 저편에서는 동물들의 비명과 괴성이 뒤엉켰고, 바로 다음 순간에는 태서의 한숨 섞인 목소리가 뒤를 이어 들려왔다.

"장산시의 폐쇄가 결정되었대요. 전기와 통신이 일부 끊어졌고…."

"무슨 말이야?"

태서의 말에 디안이 되물었다.

"지금 막 시 당국이 발표했어. 공식적으로 장산시를 폐쇄하고…."

그때였다. 저편 어디선가 사이렌 소리가 들리기 시작했다.

"왜애애애앵!"

어둠 속에서 들려오는 사이렌 소리는 사방으로 울려 퍼졌고, 빈 도시 여기저기로 퍼져 나갔다. 디안은 조금 전과는 또 다른 공포에 휩싸였다. 소리는 바람처럼 살갗을 파고들었고, 그 바람에 온몸이 파르르 떨렸다. 그 때문에 아무것도 할 수가 없었다. 아빠도, 옆에 서 있던 태서도 그저 소리의 방향을 찾아 두리번거릴 뿐이었다.

그리고 얼마쯤 지났을까. 사이렌 소리가 잦아들고, 사람의 목소리가 들려왔다.

"… 따라서 장산시에 남아 있는 시민들께서는 2081년 6월 30일까지 다음 지정하는 곳으로, 개별적으로 와 주셔야 합니다. 기존에 설치된 1125번 고속도로 장산시계 지점에 설치된 제1감염병 통제소를 비롯하여, 추가로 설치된 몽금포구 제3무역항의 제2감염병 통제소와 오차진 산업항 제6부두의 제3감염병 통제소입니다. 바이러스에 대한 정확한 정보를 확인할 수 없으므로 구조대를 파견하지 못함을 양해 바랍니다. 장산시는 2081년 6월 27일 자정을 기해 공식 폐쇄되며 이후부터 시민 여러분의 안전을 책임질 수 없습니다. 아울러 감염병 통제소에 입소한 시민 여러분께서는 선박 편으로 이동하여 백령도에 설치된 임시 수용소에서 최대 10일 동안 격리된 후, 감염자에 한해 인천 제2국립 의료센터로 후송될 예정입니다. 자세한 내용은 통합 한국방송의 장산지국 TV와 라디오 채널 FM 98.99MHz의 상세 안내를 참조하시기 바랍니다."

그 목소리를 남기고 드론은 서쪽으로 사라졌다.

그 순간 아빠가 말했다.

"집으로! 빨리 집으로 가야 해."

그러더니 아빠는 디안의 팔을 붙잡고 어둠 속을 달리기 시작했다. 바로 뒤에서 태서가 따라오고 있었다. 뒤편에서는 여전히 짐승들의 울부짖음이 들려왔다.

악어가

나타났다

집에 도착하자마자 아빠는 동물병원의 비상 발전기를 가동해 지하실 서재에만 불을 켰다. 그래도 마음이 놓이지 않았던지 출입문에도 블라인드를 쳤다. 디안에게는 서둘러 무빙 보드를 충전하라고 일렀고, 1층의 동물병원 진료실과 입원실은 물론, 디안과 아빠가 거주했던 2층의 모든 방을 다니면서 암막 커튼을 치도록 했다. 불빛이 밖으로 새어 나가지 않게 하고, 움직임을 최소화하라고 일렀다.

그리고 아빠는 담담하게 말했다.

"우리도 내일 새벽에는 여길 떠나야 할 것 같구나. 그 전에 우선 지금 우리가 어떤 위험에 처했는지부터 알아야 해. 그래야 어디로 갈지도 정할 수 있어."

그 말에, "할아버지가 걱정돼서 집에 가야겠어요"라던 태서도 일단은 주저앉아 무언가를 고심하는 듯했다. 그러더니 다크넷에 접속한다면서 아주 오래된 태블릿 PC를 꺼내 무언가를 뒤적거렸다. 그마저도 잘되지 않는지, 이리저리로 자리를 옮겨 다녔다.

그 사이 디안은 아빠 사무실에 있는 TV를 켰다. 어제까지만 해도 수백 개의 채널을 볼 수 있던 TV는 '장산TV' 딱 한 채널만 볼 수 있었고, 그것도 똑같은 화면과 같은 목소리만 반복되었다. 디안은 그것을 여러 번 듣고 또 들었다.

그러다가 문득 물었다.

"보건위생국에서는 새로운 광견병 바이러스라고 발표하고 있어요. 믿을 만한 정보일까요?"

"여러 면에서는 그래. 인수 공통 바이러스라는 측면에서도 그렇고 직접 접촉은 물론 공기 중을 통해서도 감염된다는 점에서 말이야. 하지만 보통 반려견은 외부와의 접촉이 빈번하지 않아서 광견병에 걸릴 확률이 낮은데도 반려동물의 대부분이 감염되었어. 그게 정말 이상하지만 말이야. 게다가 햄스터와 같은 동물은 광견병에 걸리지 않는데, 아까 보니까 같은 증세를 보이고 있고. 또 폭력성이 어느 정도 노출되긴 하지만, 우리가 목격한 정도로 공격성이 심하지는 않아. 뭔가 달라."

책상 뒤편에 커다란 장산시 지도를 펼쳐 놓고 이쪽저쪽으로 빨간 줄을 그리고 있던 아빠가 돌아서서 말했다. 디안은 그 말에 문득 생각난 것이 있어 물었다.

"칸은요? 칸도 감염 동물과 싸우느라 상처를 입었잖아요."

"맞아. 그런데 칸은 잠시 광견병 증세를 보이는 듯하다가 괜찮아졌어. 도무지 이해할 수 없는 점이 한둘이 아니야."

"그럼 이건요?"

아빠의 말이 끝나자마자 태서가 끼어들었다. 아빠가 태서를 쳐다보았고, 태서는 자신이 보던 태블릿을 힐끗거리면서 아빠에게 물었다.

"3일 후에는 장산시 전체에 AC-2-4.4 백신을 하루 세 번씩 사흘 동안 살포한대요. 그런데 이 AC-2-4.4라는 백신이 과거에 사용되었던 TCDD보다 최소 열 배 이상의 독성을 함유한 동물 살처분용 백신이란 소리가 있어요. 무슨 말이에요? 사람에게도 큰 피해를 줄 거라는데…. 이건 뭐죠?"

그 말에 아빠는 잔뜩 인상을 찌푸리더니, 태서 옆으로 다가가 작은 단말기를 뚫어져라 쳐다보았다.

"미쳤어. 어떤 놈이 이런 지시를 내린 거야? 미쳐도 단단히 미쳤어!"

"다크넷에 떠도는 정보가 소문이 많긴 한데, 이건 정확한 것 같아요. 여기에 적힌 대로는, AC-2-4.4를 유인용 사료와 함께 도시 전역에 투하할 계획이라고 해요. 그러면 감염된 동물을 모두 살처분할 수 있다는데요?"

"100년도 더 전에, 베트남전쟁에서 미군이 사용한 고엽제가 있었어. 밀림 곳곳에 숨어서 미군에게 피해를 주는 게릴라들의 근거지를 없애려고 뿌렸지. 강력한 제초제라고나 할까. 문제는 이게 다 이옥신이라 불리는 독극물이라는 거야. 치사량이 청산가리의 1만 배에 이르지. 그게 바로 TCDD야.”

“네? 그런 독약을 도시에 살포하겠다는 거예요? 그럼, 도시의 모든 생명체를 죽이겠다는 거잖아요.”

“그렇겠지. 그때도 고엽제가 뿌려진 밀림의 나무와 풀은 순식간에 말라 죽었고, 작전 중에 이 고엽제를 맞은 군인과 민간인도 엄청 큰 피해를 입었어. 이들은 전쟁이 끝난 이후에도 암과 같은 병에 걸려 죽었고 2세들에게도 나쁜 영향을 미쳤지.”

“그걸 정말 도시에 투하한다고요? 말도 안 돼요. 사흘 내에 도시에 남은 사람들이 모두 대피한다는 보장도 없잖아요.”

디안이 놀라서 거듭 물었고, 아빠는 담담하게 대답했다. 하지만 손끝은 파르르 떨렸다.

“중요한 건 바이러스가 왜, 어디에서부터 시작되었는지 알 수 없고, 정확한 실체도 규명되지 않고 있다는 것인데….”

“왜 보건위생국에서는 그걸 발표하지 않는 걸까요?”

“두 가지 중의 하나야. 시민들이 알면 분노할 만한 내용이거나, 보건위생국도 알 수 없어서이거나!”

“…!”

디안은 아빠와 태서의 얼굴을 번갈아 쳐다보았다. 어둡고 고심이 깊어 보이는 얼굴이었다. 무어라 대꾸해야 할지 몰라서 디안은 한숨만 내쉬었다.

그러다가 한참 만에 아빠에게 물었다.

"이동 경로는 정하셨어요? 우리는 어디로 가요?"

"우리는 일단 동물원으로 가서 태서 할아버지를 찾을 거야. 그런 다음 할아버지를 모시고 몽금포구 제3무역항의 제2감염병 통제소로 가는 게 좋을 듯하구나. 무빙 보드로 동물원까지는 두 시간쯤 걸릴 듯해. 물론 아무런 방해를 받지 않는다면 말이다. 자동차로 이동하면 40분 남짓한 거리지만, 자동차는 손쉽게 씨-크리처에게 노출될 게 뻔해."

아빠는 마치 군인들이 작전 지휘를 하는 것처럼 벽에 붙여 놓은 지도를 한 곳씩 가리키며 말했다.

"방해라면…."

디안은 자신도 모르게 입을 열었다가 닫았다. 뻔한 질문인 듯해서였다. 어디선가 갑자기 달려들지 모르는 동물들. 그것도 얼마 전까지만 해도 누군가의 다정한 친구였던 그들이 이제는 경계해야 할 대상이라니. 디안은 가슴이 답답했다. "모든 생명이 공평하게 생존할 수 있어야 사람도 행복해질 수 있어. 어느 한쪽이라도 먼저 균형을 깨면 모두 불행해지는 거야"라던 엄마의 말이 생각났다. 그래서 의문이 들었다.

'누가 먼저 이 균형을 깬 걸까?'

그런데 그때, 이야기를 듣고 있던 태서가 나섰다.

"보건위생국이 이동 수칙이란 걸 발표했는데, 이동 중 반려견을 포함한 그 어떤 동물을 만나더라도 접촉하지 말 것, 동물이 공격할 시에는 가능한 개별적으로 살처분할 것이라고 되어 있어요."

그 말에, 디안은 자신도 모르게 얼굴을 찌푸렸다. 결국 죽고 죽여야 한다는 말로 들려서였다. 그래서 디안은 일부러 시선을 돌렸다. 그 뒤에도 태서는 아빠에게 몇 마디를 더 했다.

"아, 참! 시민들은 자신의 이동 경로를 미리 파악하여 보건위생국과 경찰국이 파견한 특임대의 도움을 받으라는 말도 있어요. 혹시 모를 동물의 습격을 대비해서 세 곳의 감염병 통제소로 가는 길목 곳곳에 무장한 특임대를 배치해 두고 시민들의 이동을 돕는다는 건데…. 우리가 이동하는 중간에도 특임대 초소가 있어요. 거길 거쳐 가면 될 것 같아요."

"그래. 이제 우리의 여정이 무사하기만을 바라는 수밖에 없겠구나. 디안은 특별히 할 말은 없고?"

아빠의 말에, 디안은 고개를 저었다. 그냥 착잡하고 불안하기만 했다. 그러자 아빠는 고개를 끄덕였다.

"그럼, 이제 잠을 자야겠다. 어떤 위험한 일이 있을지 모르니 오늘은 이곳에서 함께 자자꾸나."

아빠는 창고에 있던 접이식 침대를 가져와 회의용 테이블 양편의 의자를 치우고 그 자리에 설치했다.

　디안은 침대에 누웠다. 그러자마자 긴장이 풀리고 온몸 곳곳에서 강한 듯 여린 통증이 느껴졌다. 낮에 이리저리 뛰어다니고 나뒹군 탓인 듯했다. 잠시 눈을 감았다가 떴다. 테이블 아래 저편에 태서가 누워 있는 모습이 보였다. 디안은 무슨 말을 할까, 하다가 바로 누웠다.

　“아빠는 밖을 살피고 올 테니, 먼저 자고 있거라.”

　그 말과 함께 전등이 꺼지고 문 여닫는 소리가 들렸다. 그 바람에 사방이 순식간에 어둠으로 뒤덮였다. 동시에 천장에 별이 떴다.

　“아!”

　디안은 낮은 탄성을 질렀다. 머리 위에 큰곰자리와 발치 쪽으로 카시오페이아가 보였다. 그 사이에도 크고 작은 별들이 촘촘하게 박혀 있었다. 그걸 보고 있는데 태서의 목소리가 어둠 속에서 들려왔다.

　“별이네? 네가 그런 거야?”

　“응. 어릴 때 엄마를 졸라서 내 방이랑 아빠 사무실, 아니 병원 곳곳에 별을 붙였어. 불 꺼지면 보이는 야광 별이야. 엄마가 그랬는데…. 보고 싶으면 별을 보라고. 엄마도 같은 별을 바라보고 있겠다고. 그래서 옥상에 올라가서 자주 별을 봤어.”

　얼결에 그런 말을 하고 나니, 눈물이 울컥 솟아오를 것만 같았다. 그런 낌새를 눈치챘는지, 태서는 별다른 반응을 보이지 않았다. 잠시 낮은 숨소리만 들렸다.

태서는 조금 더 시간이 지난 뒤에, 조심스러운 어투로 물었다.

"엄마는 같이 살지 않아?"

"엄마는…. 엄마의 고향으로 떠났어. 이곳에서 멀어. 아빠가 동물병원을 하기 전에, 동물을 연구하느라 인도네시아란 나라를 갔을 때 엄마를 처음 만났대. 밀림 깊숙한 곳에 있는 마을이었다는데 난 가 본 적이 없어. 거기서 풍토병에 걸린 아빠를 엄마가 구했고. 그 뒤로 이곳에 와서 함께 살았다고 했어. 내가 열한 살이 될 때까지."

"…."

"그거 알아? 우리 엄마는 동물들과 말을 나눌 줄 알아."

"응?"

가만히 듣고만 있던 태서가 짧게 반응했다. 어둠 속에서 그 말이 유난히 크게 들렸다.

"정말이야. 아무리 사나운 동물이라도 엄마가 무어라고 말하면, 엄마 말을 듣고 온순해지곤 했어. 반려동물은 물론이고 야생동물도 말이야. 엄마랑 불타산을 여행한 적도 있고, 구월산에도 다녀온 적이 있는데, 거기서 만난 여우나 삵과 같은 동물도 엄마를 피하지 않았어. 새들도 마찬가지고."

"어떻게…."

"아, 참! 엄마가 내게 남긴 것이 있어. 베르사라는 단순한 악기야. 피리 같은 거지. 엄마가 이걸 불면 숨어 있던 동물들도 나타나서 고개를 갸웃거리곤 했어. 불어 볼까?"

디안은 태서가 대답하기도 전에, 목에 걸었던 베르사를 꺼냈다. 그리고 입에 대고 찬찬히 불었다.

"휘이이, 휘이, 휘이리히!"

어둠 속, 좁은 공간에서 나는 베르사 소리는 바람 소리처럼 들리기도 했고, 멀리서 들리는 이름 모를 동물의 울음소리 같기도 했다.

문득 엄마와 함께 이곳저곳에서 캠핑하며, 텐트 앞에서 베르사를 불던 때가 생각났다. 그 바람에, 디안은 베르사를 입에서 떼었다. 그리고 울컥거리는 마음을 달래려고 일부러 소란스럽게 입을 열었다.

"엄마가 말하기로는, 베르사는 엄마가 살던 마을에 있는 '최초의 나무'를 베어 만든 거랬어. 아주 커다란 빌딩보다 큰 나무. 세상이 만들어질 때 처음 땅에서 자라난 나무라서 최초의 나무라고 불린대. 몇 년에 한 번씩 자라는 새 나뭇가지를 꺾어 만든 게 이 베르사야. 최초의 나무는 세상의 모든 생명을 퍼트리고 돌보고 치유한댔어. 그래서 세상의 모든 생명체는 이 나무로 만든 베르사의 소리를 알아듣는다는 거야. 맞아. 엄마가 그랬어. 이 베르사의 소리는 동물의 본성을 깨운다고!"

"그런데 엄마는 왜 고향으로 돌아가신 거야?"

"엄마의 마을 사람들이 엄마를 기다리고 있다고 했어. 엄마도 고향을 항상 그리워했고. 엄마가 이 베르사를 주면서 동물들을 돌보랬어. 그래서 엄마가 디안이란 이름을 지어 준 거야.”

“아…?”

“엄마 고향에서는 디안이 달의 여신이란 뜻이래. 훗! 웃기지?”

말하고 나니 얼굴이 화끈 달아올랐다. 태서가 어찌 생각할지 몰라서였다. 하지만 태서는 아무런 답을 하지 않았다. 그러자 디안은 더 민망해졌다.

한참이 지나서야 태서가 문득 입을 열었다.

“난 엄마가 무서웠어. 억지로 개성시 영재 특별학교에 나를 입학시키고 항상 나를 감시했어. 조금의 빈틈이라도 보이면 가차 없이 소리를 질렀어. 공부 때문에. 내 목표는 영재 특별학교를 졸업하고 서울에 있는 대학교에 진학하는 거였지. 하지만 사실 난 할아버지처럼 사육사나 운동선수가 되고 싶었어. 그래서 틀어박혀서 공부만 하는 게 너무 답답했어. 결국 참을 수 없을 때는, 도망쳐서 할아버지한테 오곤 했어. 몇 번은 다시 붙잡혀 가기도 했는데….작년에 집을 나온 뒤로 엄마는 한동안 연락을 끊으셨어. 나한테 실망하셨대. 그리고 엊그제 메시지를 한 통 받았어. 무사하냐고….그게 전부였어.”

“그래도….”

“응. 그래도 엄마가 보고 싶어.”

디안이 토를 달 듯 말끝에 입을 열었는데, 마치 기다렸다는 듯 태서가 낮은 소리로 말했다. 그래서 디안은 더 말을 잇지 못했다.

그러자 태서가 말을 덧붙였다.

"처박혀 공부만 하는 게 싫긴 했지만, 난 엄마를 이해해. 엄마는 아마 나를 위해서…."

마음먹고 말을 꺼낸 줄 알았지만, 태서는 곧바로 말을 멈추었다. 더 말을 잇지 않았다. 디안은 궁금했지만, 묻지는 않기로 했다. 태서의 숨소리가 달랐고, 어둠 속으로 힐끗 보았을 때 어깨를 떨고 있었다.

디안은 가만히 눈을 감았다. 그러자 별이 졌고, 엄마와 함께했던 시간이 머릿속으로 휘몰아쳐 들어왔다. 해주로 가는 길목에 있는 불타산 중턱에서 여우 가족을 만나 출산하는 어미를 도와주던 일도, 근처의 산과 들을 다니며 다치고 병든 야생동물을 치료해 주던 일도, 그리고 몽금포에서 백령도를 거쳐 인천까지 갈 때 끈질기게 따라오던 갈매기 떼와 쉼 없이 대화를 나누던 것도 또렷하게 머릿속에 되살아났다.

엄마와 함께 산과 계곡을 누볐고, 집으로 돌아와 옥상에서 밤새도록 별을 바라보다가 꿈에서 깨어났다. 곧바로 세수를 하는 둥 마는 둥, 샌드위치 하나를 다 먹지 못하고 일단 집을 나섰다. 식량은 골고루 나누어 배낭에 넣었고, 아빠가 칸과 함께 무빙 보드를 타고 먼저 출발했다. 디안이 엄마가 타던 무빙 보드를 타고 그 뒤를 따랐고, 태서는 디안이 타던 무빙 보드를 탔다. 부상이 심한 동물을 놓고 가는 것이 못내 꺼림칙했지만, 별수 없었다. 사료와 물을 충분히 주고 왔으니, 한동안은 버틸 것이다. 제발 그래 주기를 간절히 바랐다.

채 날이 밝기도 전에 출발한 터라, 무빙 보드가 중앙 광장 부근을 지날 즈음이 되어서야 어렴풋이 날이 밝아왔다. 다행히 그때까지는 아무런 일도 일어나지 않았다. 마침, 안개까지 자욱해서 을씨년스럽고 으스스하긴 했지만 미쳐 날뛰는 동물을 피하기에는 더없이 좋은 조건이었다. 먼 곳 어디에서 개 울음소리가 들리고 안개 너머에서 알 수 없는 동물의 기척도 들렸지만, 그뿐이었다.

아빠는 장산시청 앞쪽의 넓은 길을 피해, 뒤편의 우회도로로 길을 잡았다.

밤낮없이 복잡했던 시청 뒤편의 거리는 괴괴하기 이를 데 없었다. 무슨 일이 있었던 것인지, 사방에 쓰레기투성이였고, 간판과 유리창이 부서진 건물이 많았다. 아무리 보아도 익숙해지지 않았다. 순식간에 사람이 사라지고 유령의 도시가 되어 버린 듯한 풍경들이 낯설기만 했다. 디안은 무빙 보드의 핸들을 꼭 잡았다.

아빠는 곧 시청 뒷길을 빠져서 장산 호수를 끼고 도는 관광도로 쪽으로 방향을 잡았다. 이유를 알 것 같았다. 관광도로 양편에는 높게 자란 메타세쿼이아 때문에 드론을 피하기 쉬울 거란 생각이 들었다. 그리고 길 한편은 호수고, 또 다른 편은 습지와 공원이라서 딱히 동물들이 나타날 것 같지 않았다. 무엇보다 동물원으로 갈 수 있는 빠른 길이기도 했다.

20분쯤 달리자 '몽금포 제1동물원 10KM, 몽금포 제2동물원 13KM'라는 표지판이 보였다. 그것 때문인지 몰라도 아빠는 이편으로 손짓을 한 뒤 무빙 보드의 속력을 조금 더 냈다. 디안도 얼른 아빠의 꽁무니를 따라잡았다.

얼핏 뒤를 돌아보니, 태서도 속력을 높여 바싹 뒤를 쫓아왔다. 그런데 바로 그 직후였다. 갑자기 아빠가 무빙 보드의 속도를 현저하게 줄였다. 그럴 거면 왜 속도를 냈나, 싶은 마음이 들 만큼 무빙 보드의 속도는 빠르게 줄었고, 곧바로 멈추었다. 동시에 칸이 시끄럽게 짖었다.

"컹컹! 컹! 컹!"

디안은 얼른 무빙 보드를 아빠의 무빙 보드 옆으로 멈춰 세우며 물었다. 하지만 구태여 대답을 을을 필요가 없었다. 도로 저 앞편에는 뜻밖에도 악어가 일곱 마리나 도사리고 있었다.

"헉! 저, 저게 뭐예요?"

디안은 깜짝 놀랐고, 얼결에 태서의 팔을 붙잡았다.

"제1동물원에서 뛰쳐나온 모양이에요."

뒤따라온 태서가 말했다. 말 그대로 제1동물원에는 주로 맹수가 있었다. 그런데 이제는 그 녀석들까지 뛰쳐나왔다는 말인가? 역시 사람들을 노리고? 그런 생각이 들자 더 으스스했다.

"컹! 컹컹!"

칸이 매섭게 짖어 댔다. 아빠는 칸의 머리를 쓰다듬으며 진정시켰다. 그리고 그때, 가만히 도사리고 있던 악어가 움직이기 시작했다. 세 마리의 악어가 동시에 이편으로 어기적거리면서 기어 오고 있었다.

일단 뒤로 물러나는 수밖에 없었다.

"어떡해요?"

멀찌감치 뒤로 물러난 뒤, 아빠에게 물었다. 그러나 아빠인들 곧바로 좋은 방법이 떠오를 리 없었다. 아빠는 인상을 잔뜩 찌푸리고 악어들을 뚫어지게 쳐다보았다. 무빙 보드를 버리고 길옆으로 돌아갈 수도 없는 노릇이었다.

그런 생각을 하는 사이에 악어는 다시 다가왔고, 일단은 더 뒤로 물러나야 했다. 칸이 자꾸 달려들려고 했으므로 목덜미를 붙잡고 끌어당겨야 했다.

"차라리 먼 길로 돌아갈까요?"

태서가 나섰다. 하지만 아빠는 이번에도 선뜻 대답하지 못했다. 그럴 수밖에 없었다. 그러기 위해서는 큰길로 나가야 했고, 멀리 돌아야 했다. 곧 안개가 걷힐 테고, 그러면 어디서 또 다른 동물들의 공격을 받을지 알 수 없었다.

'휴우!'

디안은 한숨을 내쉬었다. 그런데 그때, 문득 스치는 생각이 있었다.

‘드론!’

디안은 두리번거렸다. 과연 악어 뒤편에 애니 포털의 드론이 떠 있었다. 하지만 드론을 떨어뜨릴 방법이 없었다. 돌을 주워 던질 생각도 해 보았지만, 자신이 없었다. 아무런 방법이 떠오르지 않았다.

순간 앞을 가로막고 있는 칸이 눈에 띄었다.

"칸! 이리 와!"

그렇게 말하면서 디안은 악어가 오는 쪽을 향해 뛰어갔다.

"디안, 뭘 하려는 거야? 위험해!"

아빠가 외쳤다. 그러나 디안은 그대로 달렸다. 그러면서 칸을 향해 외쳤다.

"칸, 저 드론 보이지. 저거 가져와! 알았지? 내 등을 타고 뛰어!"

디안은 드론을 향해 외치고, 손을 들어 등 뒤를 짚어 보였다. 그리고 재빨리 달려 악어를 10여 미터 앞에 두고 멈추었다. 동시에 엉거주춤 허리를 숙여 몸을 앞으로 굽혔다. 그리고 외쳤다.

"칸!"

뒤미쳐 속도를 내서 따라오던 칸이 디안의 어깨를 밟고 뛰어올랐다. 디안은 재빨리 허리를 펴고 뒤로 빠져나왔다. 그러면서 보았다. 하늘을 날아간 칸이 드론을 물고 다시 땅으로 떨어지는 것을.

드론은 땅바닥에 떨어지며 산산조각 났다. 그리고 다음 순간, 이쪽을 향해 어기적거리던 악어가 걸음을 멈추었다. 그러더니 마치 방향을 잃은 것처럼 이리저리 헤맸다. 원래의 악어처럼, 녀석들은 한참을 그러다가 호수 쪽으로 슬그머니 내려갔다.

"휴!"

디안은 크게 한숨을 내뱉었다. 부딪쳐 싸우지는 않았지만, 위기를 모면했다는 생각이 들었다. 아빠가 다가와 어깨를 두드렸고, 태서가 씩 웃으며 다가왔다.

"대단한걸? 칸도 정말 멋지고 말이야."

"칸에게 이 정도는 아무것도 아닐 거야. 아마 제1동물원의 맹수들이 나타나도 문제없을 거야."

칸을 칭찬하는 바람에, 디안은 공연히 기분이 좋아서 말했다. 새삼 칸의 존재가 뿌듯했고, 든든했다. 전염병에 걸리지 않은 것도 고마운데, 이렇게 중요한 순간에 힘을 주다니! 디안은 자신도 모르게 입꼬리가 올라갔다.

그런데 말이 씨가 된 것일까.

다시 무빙 보드를 타고 동물원 쪽으로 가는 길로 달려가고 있을 때였다. 호수가 끝나고 길이 넓어졌다. 길이 양쪽으로 갈라진다는 표지판이 머리 위를 휙 지나갔다. 그러자마자 두꺼운 안개 너머로 왼편에는 아파트 단지의 실루엣이 보였고, 오른쪽으로는 제1동물원의 상징탑이 보였다. '라이언 타워'라고 부르는데, 뾰족한 원뿔처럼 솟은 철탑 꼭대기에 사자 한 마리가 앉아서 포효하고 있는 모습이었다.

길이 갈라지는 어느 부분에서 동물들의 거친 울음소리가 들려왔다. 그 바람에 다시 무빙 보드의 속도를 줄여야 했다. 디안은 바짝 긴장했다. 소리가 들려온 곳은 아파트 단지 쪽으로 향하는 길 언저리였다.

"꾸엑, 꽉꽉! 꽉!"

이번에는 원숭이 여러 마리가 모습을 드러냈다. 그리고 그 앞, 금발의 젊은 여자가 채 1미터도 되지 않는 도로의 경계석 위에 위태롭게 올라앉아 있었다. 잔뜩 겁을 먹은 채, 손에 든 작대기로 원숭이를 쫓으려 하고 있었다. 하지만 그러거나 말거나, 원숭이들은 여자를 향해 거칠게 달려들었다.

당신,


정체가


뭐지

"컹컹! 컹!"

이번에도 칸이 먼저 크게 짖었다. 동시에 원숭이 몇 마리가 이쪽을 쳐다보더니 갸웃거렸다. 두 마리가 경중거리며 다가오기 시작했다.

"일본원숭이예요. 거칠기로 유명한데 어쩌죠? 제1동물원의 동물들이 다 뛰쳐나온 거 같아요. 도대체 어떻게 문을 열고 나왔을까요?"

"그건 나중에 알아보자. 우선 지금은….."

태서의 말에 아빠가 초조한 듯 말했다. 디안도 다급하다는 생각이 들었다. 여전히 이 말도 안 되는 상황이 이해가 안 되었지만 현실이었다. 원숭이 두 마리가 그 현실을 증명이라도 하듯 이쪽을 향해 소리를 지르며 달려왔다.

"끼약, 끽끽! 끽!"

그때, 아빠가 말했다.

"그냥 치고 나가자. 태서, 따라와! 칸, 이쪽이다!"

도대체 무슨 생각일까. 아빠는 태서와 칸을 불러 대고 다짜고짜 앞으로 나아갔다. 디안은 얼결에 뒤를 따랐다. 게다가 아빠는 무빙 보드를 최고 속도로 높이고 갈지자로 달렸다. 태서도 마찬가지였 다. 그러다 보니 무슨 폭주족을 연상케 했다.

이유를 알 것 같았다. 앞서 달려오던 원숭이가 거칠게 달리는 무빙 보드 때문에 섣불리 달려들지 못했다. 뒤늦게 무빙 보드를 발 견한 그 너머의 원숭이들도 갈피를 못 잡고 우왕좌왕했다. 그뿐만 아니라 칸이 요란하게 짖으며 원숭이 무리의 한가운데를 휘젓자 이리저리 흩어졌다. 뒤미처 칸이 원숭이들의 머리 위에 있던 드론 을 위협했다. 그 바람에 드론이 저만치 물러났고, 그와 함께 놈들 도 더 이상 일사불란하지 않았다.

중요한 건 틈이 생겼다는 것. 원숭이가 흩어지자, 여자가 도로 경계석에서 내려왔다. 바로 그때, 앞서가던 아빠가 디안을 향해 소 리쳤다.

"디안, 아가씨를 태워!"

이제야 알 것 같았다. 디안은 이쪽저쪽을 돌아보며 머뭇거리던 여자 앞으로 다가갔다. 잠깐 속도를 줄이자, 여자도 아빠의 목소리 를 들었는지 재빨리 디안의 무빙 보드에 올라탔다. 동시에 디안은 다시 속도를 높였다.

그러자마자 원숭이들이 다시 드론 아래로 모였고, 더 큰 일은 그다음이었다. 원숭이들 너머에서 또 다른 동물들이 뛰어오고 있었다. 그 동물들을 얼핏 확인한 디안은 놀랐고, 어이가 없어서 그 자리에 멈출 뻔했다.

크고 작은 동물들 틈에 사자가 끼어 있었다. 라이언 타워 위에서 포효하던 그 사자가.

'미쳤어!'

누구에게랄 것도 없이 디안은 중얼거렸다. 그리고 아빠를 따라갔다.

아빠는 동물원 쪽으로 가는 길이 아닌, 아파트 단지 쪽 길로 들어섰다. 내리막길이었다. 덕분에 느려지던 무빙 보드의 속도가 올라갔다.

"디안, 저 앞 건물 보이지. 저리로 들어가!"

앞서가던 아빠가 속도를 줄이며 다가와 말했다. 아빠가 가리킨 손끝에 커다란 3층짜리 건물이 보였다. 옥상에 '몽금포 시립 도서관'이라는 큰 글씨가 선명히 눈에 들어왔다. 디안은 이를 악물고 무빙 보드를 몰았다. 원숭이 떼와 사자 두 마리, 그리고 여우와 타조가 뒤를 따라오고 있었다. 보고 있으면서도 디안은 도무지 실감이 나지 않았다. 아빠를 앞서 달리며, 디안은 조금 전처럼 또 중얼거렸다.

‘미쳤어.’

뒤에 올라탄 여자가 무어라고 외치는 듯했지만, 다른 생각을 하고 있느라, 그리고 귓가를 스치는 바람 소리 때문에 디안은 듣지 못했다. 디안은 뒤돌아보지 않고, 무빙 보드의 속도를 높였다. 그리고 정문 앞에서 급히 멈춘 다음, 주저 없이 깨진 유리문 안으로 뛰어 들어갔다.


“넌 어디서 오는 길이니? 어디로 가는 거야? 어떻게 살아남았지?”

깨진 유리문 안으로 들어가서 숨을 돌린 뒤에야 여자가 물었다. 코가 오뚝하고 눈이 맑았다. 예쁘장한 얼굴이었지만, 무슨 일을 겪었는지 뺨과 이마가 상처투성이였다. 옷 여기저기에도 흙이 묻고 한쪽 소매가 찢어져 있었다.

“어떻게 된 일이에요. 다친 데는 없고요?”

디안이 대답하기 전에 아빠가 달려와 물었다.

“네, 괜찮아요. 구해 주셔서 감사해요. 그런데 어디로 가시는 중인가요?”

“제2감염병 통제소 쪽입니다. 그 전에 제2동물원에 들러야 하고요.”

“안 돼요!”

아빠의 말에 여자가 갑자기 소리를 높였다. 깜짝 놀란 디안이 여자를 쳐다보았다. 그러자 여자가 제풀에 당혹스러워하는 것 같더니, 소리를 낮추어 말했다.

"그쪽은 안 돼요. 동물원의 동물은 대부분 감염됐어요. 저도 그쪽에서 오다가 동료를 잃었어요."

"동물원 직원이신가요?"

"아니요. 그런 건 아니지만…."

"그래도 가야 해요. 할아버지가 기다리실 거예요."

듣고만 있던 태서가 나섰다.

"그렇기도 하고, 여기서 가장 가까운 탈출 경로는 제2감염병 통제소입니다. 당국이 그렇게 안내했고, 중간중간에 보건위생국과 경찰국이 파견한 특임대를 배치해서…."

"이곳에서 제2감염병 통제소까지 가는 중간 지점의 특임대는 철수했어요. 오늘 새벽에요."

아빠의 말에 여자는 무슨 선언이라도 하듯 말했다.

"그, 그게 사실이에요?"

"하지만 그래도 여기서 갈 수 있는 탈출구는 몽금포 항구밖에 없어요."

아빠가 되물었고, 답답한 생각이 들어서 디안이 바로 나섰다.

"물론 그렇지만 가능성이 없어요. 감염된 동물들이 계속 늘어나고 있는 데다가 이미 장산시를 빠져나간 동물들이 있다는 소식도 전해지고 있어요. 그렇게 되면 제2감염병 통제소도 언제 폐쇄될지 알 수 없어요."

여자는 아빠와 디안을 번갈아 쳐다보면서 말했다.

"그걸 어떻게…? 그럼, 다른 방법이 있어요? 당신은 어느 쪽으로 가려던 것이었소?"

"저는…."

"도대체 아줌마는 누구예요?"

아빠의 물음에 여자는 더듬거렸다. 뭔가 이상하다는 생각이 들어서 디안은 얼결에 다그치듯 물었다. 그런데 그때였다. 듣고만 있던 태서가 나섰다.

"여기서 이럴 때가 아닌 것 같아요. 동물들이 우릴 따라올 거예요."

과연 여기저기 깨진 유리문 바깥에 동물들이 몰려오고 있었다. 그제야 디안은 일행이 도서관 1층 로비에 서 있다는 것을 깨달았다. 재빨리 사방을 돌아보았다. 널따란 로비 한가운데는 책을 소용돌이 모양으로 쌓아 올린 조형물이 3층 꼭대기까지 솟아 있었다. 중간중간 기둥처럼, 책장이 열을 이루어 늘어서 있었다. 그 사이사이에는 테이블과 의자, 소파 들이 무질서하게 뒤엉켜 있었고, 입구와 반대편에 위층으로 올라가는 널따란 계단이 보였다.

"일단 계단으로 올라가자."

아빠가 먼저 계단을 올랐다. 디안이 뒤를 따랐고, 태서와 여자가 뒤를 힐끗거리면서 따라왔다. 그런데 바로 그때였다. 정문이 아닌 왼편의 부서진 채광창으로 드론이 날아들었다. 드론은 매우 빠르게 계단 쪽으로 날아왔다.

박쥐를 닮은 드론이었다. 드론은 이쪽저쪽을 오가더니 한곳에 멈추었다. 그리고 다음 순간, 드론에서 기계음이 들려왔다.

"무단이탈자를 스캔했습니다. 경고합니다. 시크릿 넘버 W404-1106 라소미 연구원은 즉시 애니 포털 센터로 복귀하십시오. 현재 귀하는 비상근무 명령을 어기고 센터를 이탈하여 추적당하고 있습니다. 본사로 복귀하여 무단이탈에 대한 해명에 적극 응해 주시기를 바랍니다. 불응할 시 경찰 당국에 신고하여 구금당할 수도 있습니다."

그 말에 디안은 깜짝 놀랐고, 여자를 쳐다보았다. 앞서가던 아빠가 돌아섰다. 그러자 여자는 고개를 젓고 손을 흔들어 댔다.

"아니에요. 저는 잘못한 게 없어요."

"아줌마가 라소미예요? 그러니까, 아줌마는 누구냐고요?"

"나, 나는⋯."

"디안, 여기서 이럴 게 아니야. 일단 피해야 해."

아빠의 말에 디안은 어쩔 수 없이 계단을 올랐다. 그러자마자 동물들이 정문 안으로 들이닥치기 시작했다.

2층에 오르자마자 널따란 자료실 서고가 나타났다. 수없이 많은 서가가 가로세로 줄지어 놓여 있었다. 아빠는 서가 앞에서 잠시 머뭇거렸다. 그러더니 말했다.

"디안, 태서! 나 좀 도와주겠니? 북 트럭을 옮겨!"

그러더니 아빠는 서가 입구에 놓여 있던 북 트럭을 옮기기 시작했다. 디안과 태서도 책이 잔뜩 쌓여 있는 북 트럭을 계단 끝으로 옮겼다. 북 트럭은 모두 열여섯 대였다. 나란히 늘어놓자, 무슨 성이라도 쌓은 듯한 모습이었다.

그때쯤 씨-크리처 무리가 도서관 안으로 들어섰다. 아까 보았던 원숭이는 물론이고, 그 뒤로 사자와 악어와 삵과 미어캣, 토끼, 멧돼지…. 아무리 보아도 너무나 거짓말 같은 광경이었다.

"도대체 어떻게 저런 일이 가능하죠? 서로 천적인 동물들이 한곳에 있어요. 아무리 동물원에서 자란 녀석들이라고 해도…."

"저들은 본능에 지배받는 게 아니야. 다른 강력한 힘에 따르는 거야."

혼잣말처럼 내뱉은 디안의 말에 라소미가 마치 대답하듯 말했다. 그 말에 디안은 리조트에서 남자들이 했던 말이 떠올랐다.

"그럼, 누가 조종하기라도 한다는 뜻이에요? 그래서 동물들 뒤에 항상 드론이 따르고 있는 것인가요?"

"그런 셈이지."

"뭔가 있죠? 전염병 말고 또 무언가 있는 거죠? 우리가 알지 못하는 것 말이에요. 아줌마는 어떻게 그걸 알고 있는 거죠?"

그때였다. 아래를 힐끗거리고 있던 태서가 외쳤다.

"지금이에요!"

문득 아래를 내려다보니 동물들이 뒤섞여 계단을 오르기 시작했다. 발 빠른 삵과 개 몇 마리는 이미 계단의 중간까지 뛰어올라 있었다.

"밀어!"

아빠가 외쳤고, 디안은 자기 앞에 있던 북 트럭을 아래로 굴렸다. 태서와 라소미도 힘껏 북 트럭을 밀었다.

"우당탕, 쿵쾅!"

요란한 소리를 내며 북 트럭이 계단을 굴렀다. 그 위에 쌓여 있던 책이 사방으로 튀어 흩어졌다. 계단을 오르던 동물들은 북 트럭에 치이고, 책에 맞아 이리저리 굴러떨어졌다. 그때, 라소미가 한마디를 했다.

"이걸로는 안 돼. 저 드론을 없애지 않으면…."

그리고 동시에 아빠가 말했다.

"일단 서고로 들어가자."

"좁은 서가를 함께 뛰며 속도를 낼 순 없어요. 흩어져서 뛰어요. 맞은편에 또 다른 출구가 있어요. 그쪽으로 나가면 옆 건물 3층에 해외 정보 자료실이 있어요. 거기서 만나요."

라소미가 급히 외쳤다. 디안은 라소미를 쳐다보았다. 그러자 라소미가 말을 덧붙였다.

"이곳에 자주 왔었어요. 그래서 잘 알아요. 해외 정보 자료실이 구석에 있어서 몸을 숨기기엔 좋을 거예요."

그 말이 끝나자마자 라소미가 먼저 뛰었다. 그 뒤를 칸이 따라왔다. 그러자 아빠가 디안을 밀었다. 수십 개의 서가가 열과 오를 맞추어 늘어서 있는 틈새를 달렸다. 그러나 이미 그때, 동물들은 바싹 뒤를 따라왔다. 뒤편 어디선가 동물들이 서로 내지르는 소리가 들렸다.

서가를 예닐곱 개 지나쳤을 때, 뒤편에서 원숭이 몇 마리가 쫓아왔다. 녀석들은 서가의 꼭대기에서 곡예를 하듯 이쪽을 왔다 갔다 했다. 그러는 바람에 디안은 자꾸만 멈칫거려야 했다. 그걸 칸도 알았던지 막 디안의 머리끝을 붙잡으려는 놈의 목덜미를 물고 저편으로 함께 굴러갔다.

"칸!"

디안은 소리를 높였다. 그러나 저편에서는 칸과 원숭이가 뒤엉켜 싸우는 소리만 들렸다. 하지만 돌아갈 수 없었다. 여전히 원숭이가 따라왔다. 모두 세 마리였는데, 원숭이는 서가 이쪽저쪽을 넘나들며 디안의 어깨를 때리고 등을 밀었다. 안 되겠다, 싶어서 서가의 책을 빼서 던졌더니, 놈들도 그대로 따라 했다. 그 바람에 디안도 책에 머리와 다리를 맞았다. 그래도 쉬지 않고 달아났다.

그런데 어느 때쯤에서였을까. 난폭해진 원숭이 한 마리가 한쪽 다리를 훅 잡아당겼다. 디안은 넘어졌다. 얼른 일어나려는데 원숭이 한 마리가 달려들었다. 디안은 재빨리 책을 한 권 빼 들어 놈의 얼굴을 휘갈겼다. 그러자마자 원숭이는 저 멀리 떨어졌다.

하지만 다음 순간, 나머지 두 마리가 서가 위에 올라가 디안에게 책을 내던지며 난동을 부리듯 날뛰었다. 디안이 쓰러져 있는 서가 양쪽을 오가며 수선을 피웠다.

그때였다. 무슨 짓을 했는지, 양쪽 서가가 서로를 향해 기우는가 싶더니, 마침내 디안 쪽을 향해 넘어졌다.

"으아아아악!"

디안은 눈을 감았다. 죽었구나 싶었다. 얼른 몸을 웅크리고 양손으로 머리를 감쌌다. 그러자마자 웅크린 몸 위로 책이 무수하게 떨어졌다. 머리와 옆구리, 엉덩이와 발끝으로 책이 떨어졌다. 점점 더 책의 무게가 느껴졌다.

잠시 후, 책은 더 이상 떨어지지 않았다. 사방이 조용해졌다. 두어 번 끽끽거리는 소리가 났다. 원숭이 울음소리 같았다. 하지만 아무것도 보이지 않았다. 눈을 떴지만, 온몸을 덮친 책 때문에 바깥에 무슨 일이 생겼는지 알 수 없었다.

얼마나 시간이 지났을까.

디안은 천천히 몸 위를 덮친 책들을 하나씩 걷어 냈다. 비로소 바깥이 보였다. 두 서가가 서로 의지하듯 맞대어 있었다. 거듭 안도의 한숨을 내쉬었다. 만약 서가가 쓰러지기라도 했다면…? 생각할수록 끔찍했다. 디안은 천천히 일어나 책을 밟고 옆쪽 서가로 이동했다. 저편 어디선가 동물의 거친 울음소리가 들렸다. 디안은 어깨를 흠칫 떨었다.

어느 방향으로 가야 할지 알 수 없었다. 일단 두리번거리면서 조금 더 밝은 쪽으로 나아갔다. 그러자 또 다른 출구가 나타났고, 얼른 밖으로 뛰었다.

바로 앞에 건물과 건물을 연결하는 구름다리가 보였다. 라소미가 말하던 또 다른 건물이란 그 건너를 말하는 것 같았다. 일단 서둘렀다. 그러다가 문득 아빠와 태서가 생각났다. 무작정 혼자 달려가는 게 맞나, 싶었다. 일단 멈추고 뒤를 보며 천천히 걸었다. 여전히 서고 쪽에서는 동물들의 울음소리와 무언가 부서지고 부딪치는 소리가 들렸다.

아무래도 안 되겠다, 싶은 생각이 들었다. 돌아가서 혹시라도 위험에 빠졌을 아빠나 태서를 돕는 게 맞겠다는 생각이 들었다.

그런데 그때였다. 채 몸을 돌리기도 전에 바람이 훅 부는가 싶었는데, 저쪽 건물 입구 쪽에서 사자가 나타났다.

헉!

디안은 그 자리에서 얼어붙듯 멈추고 말았다. 한쪽 난간을 붙잡고 겨우 버티고 섰다. 뒤돌아 달릴까, 생각했지만, 사자보다 빨리 뛸 자신이 없었다. 틀림없이 다시 서고로 돌아가기 전에 뒷덜미를 잡힐 것 같았다. 그렇다고 뛰어내릴 수도 없었다. 아래를 내려다보니 까마득했다. 겨우 2층이었지만, 1층의 천장이 높아서 아래가 못해도 4~5층은 될 것처럼 높아 보였다.

'아, 엄마….'

디안은 난간을 붙잡고 간절히 엄마를 불렀다. 하지만 그러거나 말거나 사자는 더 가까이 다가왔다. 그러더니 크게 울부짖었다.

"크하하하아앙!"

놈은 울며 갈기를 털었다. 그러자 조금 전보다 더 세진 바람에 갈기가 흩날렸다. 더 이상 피할 곳도 물러날 곳도 없었다. 이제는 정말 끝이란 생각에, 디안은 다리에 힘이 풀렸고 풀썩 주저앉고 말았다. 그런 중에도 사자는 다가왔고 마침내 한번 더 입을 커다랗게 벌렸다. 디안은 눈을 감고 고개를 숙였다.

그런데 그때였다. 소리가 들렸다.

"휘이이, 휘이, 휘이리히!"

아주 낮고 가느다란 소리였지만, 틀림없이 바람을 타고 들리는 베르사 소리였다. 그것도 아주 가까이에서 나는 소리였다. 가슴이 두근거렸고, 이상한 생각이 들었다. 가만히 눈을 떴다. 눈앞에 베르사가 보였다. 넘어지고 뛰고 하는 사이에 베르사가 옷 밖으로 나와 있었고, 난간 위로 부는 바람이 베르사의 소리를 내고 있었다.

그런데 무슨 일이 벌어진 걸까.

사자가 가만히 멈추어 베르사 소리를 듣고 있었다. 불과 열댓 걸음 앞에서. 당장 달려들 듯하던 사자가 베르사 소리를 들으며 온순한 모습으로 디안을 바라보고 있었다. 그러더니 고개를 갸웃거리고는 천천히 구름다리를 건너갔다.

문득 엄마의 말 한마디가 생각났다. 베르사가 본성을 깨운다는 말. 그렇지 않을까? 라소미 말대로 동물들이 다른 강력한 힘에 따르다가, 베르사 소리를 듣고 동물의 본성을 찾은 것 아닐까. 그 어떤 동물도 먼저 공격하기 전에는 사람을 해치지 않는다고 엄마가 말했으니까.

디안은 천천히 일어났다. 그리고 사자의 뒤를 따라갔다. 혼자서 옆 건물로 갈 수는 없을 것 같아서였다. 아빠와 태서가 어떤 상황인지 알 수 없으니까. 디안은 서고 쪽으로 빠르게 걸었다.

그런데 그때였다. 사자가 구름다리 끝에 이르렀을 때, 서고의 입구에서 아빠와 태서, 그리고 라소미가 동시에 튀어나왔다.

"크릉, 크르릉!"

사자가 울부짖었다. 동시에 아빠가 태서를 문 오른쪽으로 밀었고, 라소미는 왼쪽으로 밀어냈다. 이제 사자는 아빠를 향해 달려들 참이었다.

"안 돼!"

디안은 소리쳤고, 얼른 베르사를 불었다. 그런데 이번에는 사자가 잠잠해지지 않았다. 이쪽을 힐끗 쳐다보긴 했지만, 그것으로 그만이었다.

왜일까. 디안은 고개를 갸웃거렸고, 동시에 구름다리 위쪽에 드론이 보였다.

설마!

이유는 알 수 없었지만, 사자는 한 번 더 포효하며 아빠를 향해 달려들었다.

“아! 안 돼!”

디안은 소리쳤지만, 아빠는 사자와 함께 서가 안쪽으로 나뒹굴었다. 그 사이에 태서와 라소미가 달려왔다.

“안 돼. 가면 안 돼! 너도 위험해.”

라소미가 디안을 붙잡았다.

“안 돼요! 아빠를 그냥 두고 갈 수 없어요.”

“위험하다니까!”

태서도 말렸다. 디안은 발버둥 쳤지만, 두 사람을 당해 낼 수가 없었다. 결국 두 사람에게 질질 끌려 구름다리를 건너고 말았다. 하지만 어느 순간, 태서와 라소미는 디안을 툭 놓아 버렸다. 아빠가 구름다리를 건너오고 있었기 때문이다.

아니, 아빠만이 아니었다. 아빠 옆에 누군가 서 있었다. 한쪽 다리를 절었다. 어깨를 다친 아빠가 그를 부축했다. 머리가 희었지만, 덩치는 아빠와 비슷했다. 그때, 태서가 디안보다 빨리 달려 나갔다.

“할아버지!”

이제


진실을


말해 봐

"자, 이제 아줌마가 누군지 말해 보세요."

디안이 최대한 담담한 목소리로 물었다. 진작에 서두르고 싶었지만, 어깨를 다친 아빠를 치료해야 했기 때문에 조금 기다렸다. 그리고 "태서가 오지 않아서 찾으러 나섰다가 우연히 이쪽으로 와 보았고, 마침 사자가 아빠에게 달려드는 걸 보고 마취총을 쏘았다"라는 할아버지 말까지 다 들어야 했으므로 또 참았다. 그런데 라소미가 할아버지에게 "선생님께서 사용한 마취총이 RS-1125 모델인 것 같은데, 어디서 구했나요?"라고 물었을 때, 더 이상 머뭇거리지 않았다.

디안의 물음에 다른 사람들도 라소미를 쳐다보았다. 하지만 라소미는 선뜻 입을 열지 않았다. 그때, 할아버지가 나섰다.

"난 제2동물원에서 일하고 있소. 말을 돌보는 사육사이고, 주말에는 경주마 조련사 일을 하지. 마취총은 말 사육장에 있는 걸 가져왔고. 혹시 몰라서…. 그런데 마취총의 모델 이름까지 알고 있는 걸 보면 그쪽도…?”

“저는 애니 포털 센터에 소속된 연구원입니다.”

할아버지의 말이 다 끝나기도 전에 라소미가 말했다. 딴에는 단단히 결심한 듯 말을 마치고 나서 아랫입술을 깨물었다. 디안은 그 말에 자신도 모르게 고개를 끄덕였다. 다른 사람도 마찬가지였고, 할아버지는 이맛살을 찌푸리더니 물었다.

“우리 사육사 중에 그쪽에서 일하다 온 사람들도 꽤 되오. 그런데 그분들 하는 말이, 지금 동물을 감염시키고 있는 바이러스가 애니 포털 센터에서 시작되었을 거라고 하던데…. 맞소?”

그 질문에 디안은 가슴이 서늘해지는 기분을 느꼈다. 설마, 하는 생각이 들었다. 아빠도 고개를 갸웃거렸고 태서가 보탰다.

“다크넷에서도 종종 그런 주장이 올라오곤 했어요.”

그럼에도 라소미는 입을 열지 않았다. 하는 수 없이 디안이 또 물었다.

“아까 애니 포털의 드론이 아줌마를 찾고 있었어요. 어떻게 된 거죠? 애니 포털 센터에 무슨 일이 있는 거예요?”

“나는 도망쳤을 뿐이에요. 아니, 나만 그런 게 아니고 모두….”

“도망이라니요? 무슨 말이에요?”

“바이러스에 관한 말이 많았어요. 처음엔 저도 몰랐어요. 알다시피 애니 포털의 가장 중요한 업무가 동물실험이에요. 그리고 동물실험에는 다양한 약물이 사용돼요. 거기엔 바이러스도 포함되고요. 물론 철저하게 밀폐된 공간에서 실험이 진행되기 때문에 문제없었는데…. 4개월 전에 실험 대상이던 고양이 한 마리가 바이러스에 감염된 채 포털 센터를 탈출했다는 사실을 뒤늦게 알게 됐죠."

"그 바이러스의 특징이 광견병처럼 동물의 폭력성을 높이는 게 맞아요?"

아빠가 물었다. 그러자 라소미는 침을 꿀꺽 삼키더니, 고개를 끄덕였다. 아니 한마디 덧붙였다.

"다섯 배가량…."

그 말에 디안은 숨을 멈추었다. 거리에서 본 동물의 폭력적인 모습이 새삼 이해가 됐다. 그러나 궁금했다.

"그럼, 그 고양이 한 마리가 이 많은 동물을 감염시켰다는 건가요? 사람들까지?"

"충분히 그럴 수 있어."

대답은 아빠가 대신했다. 표정이 아까보다 심각해 보였다. 이마의 주름이 다른 때보다 짙었다.

"도대체 무슨 실험을 하고 있었던 게요?"

이번에는 할아버지가 조금 화난 투로 되물었다.

"오래전부터 진행하고 있던 동물 지성화 실험이었어요. 특정한 동물을 약물로 최고의 피지컬을 만들고, 그 동물의 뇌에 안드로이드 인공지능용 프로세서를 주입하는 방식이었지요."

"뭐, 뭐라고요?"

"그런데 이상하게도 프로세서를 주입한 동물들은 하나같이 폭력성이 증가하는 거예요. 아까 선생님이 말씀하신 것처럼 광견병과 흡사한 증세 말이에요. 한편으로는 이 프로세서가 동물의 특정한 뇌를 자극하는 것 같았는데…. 어쨌든 바이러스 실험을 함께 진행하지 않을 수 없었고, 또 자연발생적인 경우가 있는지 다양한 사례를…."

할아버지가 되물었음에도 라소미는 일단 이야기를 이어 갔다. 차분하고 담담해 보였는데, 입술을 파르르 떨고 있었다. 그런 중에 아빠가 말을 끊었다.

"있었죠. 2000년대 초, 중국과 티베트 국경 지역에서. 그럼, 애니 포털에서도 같은 종의 동물을 먹이로…."

"마, 맞아요. 하지만… 동물실험 중에는 하루에도 수십, 혹은 수백 마리의 동물 사체가 발생하니까요."

"세상에! 도대체 그게 어떤 놈의 발상이에요? 소장이란 자요?"

아빠는 별안간 목소리를 높였다. 소파에 앉아 있다가 벌떡 일어났다. 그러다가 상처 부위가 몹시 아픈지 얼굴을 찡그리며 다시 앉았다. 그 틈에 할아버지가 나섰다.

"그걸 알았으면, 실험을 진작 중단해야 했을 거 아니오?"

"여러 번 중단을 건의했어요. 하지만 소장님은 멈추지 않았어요. 우리는 그 동물 사료를 X-레이션이라고 불렀는데, 결국 X-레이션을 사용하면 사료 비용을 7분의 1로 절약할 수가 있었거든요. 그 남은 비용은 소장님이 개인적으로 처리하는 것 같았는데, 그걸 알아보다가 연구원 몇 명이 좌천되거나 다른 지역으로 발령이 났어요."

"아가씨도 그랬소?"

"저는 그 이후에 더 이상 실험은 무리라는 생각을 전했다가 케어 센터로 밀려났지요. 그러던 중에 이런 사건까지….″

"결국 애니 포털 센터의 동물실험실에서 시작된 바이러스가 맞는다고 봐야겠소. 하지만 세계 최고의 애니 포털 센터에서 운영하는 동물실험 연구소가 이에 대비가 전혀 안 되어 있었다고요?"

"워낙 갑작스럽고 빠르게 바이러스가 퍼지기도 했고, 소장님은 애니 포털 안에서도 많은 사람이 알게 되는 걸 싫어했어요. 연구팀 내에서 빨리 해결되기를 바랐던 거죠. 그래서 도망친 고양이를 찾는 데도 시간이 걸린 것이에요."

"도대체 그 작자는…!"

아빠가 다시 폭주했다. 그러자 라소미는 아빠의 눈치를 힐끔 보았다. 하지만 손톱을 물어뜯으며 말을 이었다.

"만약 진작에 케어 센터에 연락만 했으면, 금방 찾을 수 있었을 거예요. 케어 센터는 장산시의 모든 동물을 케어할 수 있는 시스템을 갖추고 있어서 웬만한 야생동물이 아니고서는 찾는 데 한나절이 걸리지 않지요."

그 말을 하고 라소미는 잠시 숨을 내쉬었다. 목이 타는지 테이블 위에 놓여 있던 물병을 집어 들어 벌컥벌컥 들이켰다.

디안은 기다렸다가 물었다.

"아무리 그래도 이해가 가지 않아요. 폭력성은 그렇다 쳐도. 동물이 특정한 목표를 향해 공격하는 것이라든가…. 아까 그 드론은 아줌마를 찾고 있잖아요."

"그건….“

"애니 포털의 드론이 라소미 씨를 찾는 건, 이런 사실들을 아주 많이 알고 있기 때문일 거야. 이 상황을 아주 잘 아는 사람들이 밖에 나가 비밀을 털어놓으면 자신의 입지가 위태로워지니까."

라소미는 살짝 더듬거렸고, 대답은 아빠가 대신했다. 일단 디안은 고개를 끄덕였다. 그러나 다시 물었다.

"그럼 동물들이 그토록 집요하게 사람들을 쫓아오는 건요? 제가 판단하기에는 감염 동물들은 지금, 장산시 주변의 산과 들을 다니면서 생태계까지 파괴했어요. 그래서 야생동물들이 도시로 도망을 다니는 것이고요."

그 말에 아빠도, 그리고 라소미도 고개를 끄덕였다.

"사람들에 대한 집요한 추적은….“

"그 소장이란 사람이 시킨 일일까요?"

라소미가 머뭇거렸고, 디안은 답답해서 얼른 또 물었다.

"나를 추적하는 건 그럴 가능성이 있어. 아까도 말했지만, 나 혼자만 도망친 게 아니라, 연구에 마지막까지 가담했던 사람 중 셋이 함께 도망쳤는데…. 둘은 어찌 되었는지 알 길이 없어."

"아, 그래서 입막음을 위해 아줌마와 도망친 연구원들을 찾는 것이고, 사람들을 해치도록 동물들을 이용하는 것도 그 소장이란 사람이…. 어떻게 그럴 수가 있죠?"

"그래서 그가 얻고 싶은 건 뭘까요?"

"사람들 사이에서는 그가 출세를 위해서 무리한 실험을 강행했을 거라고 했어요."

"그래. 그건 나도 들은 적 있소. 그쪽에 있다가 동물원으로 온 사람들이 말했지. 연구소장의 아버지인지 할아버지가 남북 분단 시절 통일을 반대하다가 숙청당했다고."

할아버지가 한마디 보탰다. 그러나 이해가 되지 않았다. 도대체 생명보다 중요한 게 무엇일까. 디안은 가슴이 답답했다. 잠시 정적이 흘렀다.

디안은 일어나 창으로 다가섰다. 안개는 걷혀 있었고, 어느새 해가 하늘 한가운데로 치솟고 있었다. 오른쪽 멀리 라이언 타워가 또렷하게 보였고, 왼쪽으로는 아파트 단지의 크고 작은 건물들이 눈에 들어왔다. 6월 날씨라면 바깥은 따뜻할 텐데, 풍경 자체는 한겨울 같았다. 도심이 텅텅 비어 있다는 선입견 때문일지 몰랐다.

디안은 여러 번 한숨을 내쉬고 들이쉬었다. 여전히 어이가 없었고, 머릿속은 복잡해지기만 했다. 한 마리의 고양이가 도시를 쑥대밭으로 만들었다는 게 끔찍했다. 바이러스란 게 그리도 무서운 것이구나, 하는 생각이 들었다.

그때쯤, 등 뒤에서 태서의 목소리가 들렸다.

"그나저나 언제까지 여기에 숨어 있어야 할까요? 몽금포 항구까지 가려면 시간이 꽤 걸릴 텐데요. 이제 무빙 보드도 다 망가졌고⋯."

"글쎄, 조금만 더 생각해 보자. 지금 당장 나가는 건 어차피 무리야. 이따가 도서관 주변의 상황을 살펴보고 올 테니까."

"네, 이동 수단도 생각해 보기로 해요."

태서와 아빠의 대화가 귓가에 흘러들었지만, 그보다 급한 게 있었다. 디안은 다시 돌아와 라소미에게 물었다.

"아무리 생각해도 이해할 수가 없어요. 어떻게 드론을 통해 동물들을 조종할 수 있느냐는 거예요? 아줌마는 알 거 아니에요?"

"그건⋯."

"뭔가 알고 있죠?"

디안은 재촉했다. 그러는 바람에 다른 사람들도 라소미만 쳐다보았다.

"이건 내 추측이긴 한데⋯."

"뭔데요? 어서요!"

"마이크로 동물 케어 센서라고…."

"동물 인식 칩을 말하는 거예요?"

디안이 재차 따지듯 물었다. 고의는 아니었는데, 급한 마음에 다그치는 듯한 말투가 되고 말았다. 그러자 라소미는 고개를 끄덕였다.

"그게 가능하다고요? 그건 그냥 그 동물의 주인이 누구인지, 어디에 사는지 같은 간단한 정보만 넣어 놓는 것 아니었어요?"

이번엔 태서가 되짚어 물었다.

"옛날엔 그랬는데, 동물 케어 센터에서 10년 전부터 통신 기능을 포함한 고감도 지능형 케어 센서로 바꾸었어. 말 그대로 원격 케어가 가능하도록 말이야. 위치를 추적할 수 있는 건 물론이고, 그 동물의 건강 상태를 확인할 수 있어. 실시간으로 동물이 학대받고 있는지까지 체크도 가능하고. 주인이 없는 상태에서 위험에 빠지면, 동물이 스스로 그 위험에서 빠져나올 수 있도록 부분적으로 답을 제시해 주기도 해."

아!

디안은 길게 숨을 내쉬었다. 그동안 절대 풀리지 않을 것 같던 수수께끼가 몇 개는 풀린 느낌이었다. 그러나 머릿속이 시원한 게 아니라 얼어 버리는 느낌이랄까. 문득 애니 포털 센터의 홈페이지 그림과 함께 어우러졌던 문구들이 떠올랐다. 그게 결국은 족쇄였다니!

그러나 그게 끝이 아니었다.

"그럼, 다양한 원격 신호로 동물들의 행동도 부분적으로 명령하고 통제할 수 있다는 뜻이군요."

아빠가 말했고, 라소미는 고개를 끄덕였다.

"이 모든 걸 연구소장이 기획했단 말이에요?"

"확신할 수는 없지만, 지금으로서는 그래요."

"어떻게 그 한 사람이…?"

"케어 센터만 장악할 수 있으면 어떤 동물이든 조종이 가능할 수도 있어요. 이론적으로는요."

"아빠…."

"이제 알 것 같구나. 왜 반려동물과 동물원의 동물들만 그토록 집요하게 우리를 쫓았는지…."

"맞소. 동물원의 동물들도 케어 센서가 작동하고 있소. 그래서 완벽한 관리가 가능했지."

할아버지가 고개를 끄덕이며 대꾸했다. 그때 스치는 생각이 하나 있었다.

"칸은요? 칸은 감염 동물에게 물렸는데, 잠깐만 아프다가 나았잖아요. 우릴 공격하지도 않았고."

"칸은 케어 센서가 없단다."

"정말이에요? 왜죠?"

"칸이 버려져서 크게 다쳤을 때, 이미 손상돼서 폐기했어."

그 순간 디안은 무언가 허전함을 느꼈다.

"그런데 칸이 보이지 않아요. 아까 서고에서 원숭이랑 싸우다가 다른 쪽으로 갔는데⋯."

"글쎄, 거기서부터 보이지 않는구나."

"그럼, 여기 들어올 때부터 아빠는 칸이 없어진 걸 알고 있었어요?"

"그래. 하지만 칸을 찾기 위해 다시 나갈 수는 없었어. 일단 조금 기다렸다가 다시 찾아보자. 똑똑한 녀석이라서 우리가 녀석을 찾지 못해도 반드시 녀석이 우리를 먼저 찾을 거야."

"아빠!"

디안은 벌떡 일어났다. 아빠가 너무나 한가한 말을 하는 것 같아서였다. 얼른 출입문 쪽으로 다가갔다.

"디안, 지금은 그럴 때가 아니야!"

"하지만 아빠!"

아빠가 소리쳤고, 디안도 문의 손잡이를 잡은 채 돌아서서 외쳤다. 그런데 그때, 태서가 문득 끼어들었다.

"지금 칸이 문제가 아닌 것 같아요. 세 곳의 검역소 모두 마감 시간을 오늘 밤으로 변경한대요."

"뭐라고? 지금 그게 무슨 소리냐?"

태서 옆에 앉았던 할아버지가 물었다.

"감염 동물이 장산시를 넘어 다른 지역으로 급격히 이동하고 있는 모습이 포착되었대요. 더 빠른 확산을 막으려면 감염지역인 장산시를 최대한 빨리 폐쇄하고 AC-2-4.4 백신을 살포한다는 거예요. 해주나 사리원 같은 큰 도시로 바이러스가 번지기 전에 막아야 한다는 말도 있어요."

"공식 발표야?"

아빠가 다시 물었다.

"아직은 다크넷에 떠도는 말이에요. 하지만 거의 사실인 것 같아요."

"그럼, 시간이 없어요. 얼른 떠나야 해요. 지금 무빙 보드가 다 망가져서 걷는 방법밖에 없어요. 지금 출발해야 몽금포 항구까지 저녁에 겨우 도착할 수 있을 거예요."

태서가 자신의 태블릿을 뒤적거리더니 급히 말했다. 그 말에 모두 긴장한 낯빛으로 서로를 쳐다보았다. 아빠는 인상을 잔뜩 찌푸린 채 눈을 감고 있었다. 서로 무언가를 골똘히 생각하는 것 같았다. 디안 역시 이런저런 생각으로 머리가 아팠다. 게다가 칸 걱정까지.

그런데 그때 라소미가 먼저 입을 열었다.

"몽금포 항구가 아니라도 오늘 밤 안으로 도착할 수 있는 곳이 있어요."

그 말에 모두 라소미를 쳐다보았다.

"몽금포에서 남쪽으로 18킬로미터 떨어진 곳에 비상시에 개방

하는 포구가 있어요. 실험동물을 들여오고 내가는 용도로 쓰여요. 살아 있는 동물은 검역을 오래 해야 하거든요. 그래서 평상시에는 운영을 안 하죠. 사실 저와 동료들도 그쪽으로 향하던 중이었어요. 제2감염병 통제소로 가 봤자 제시간에 장산시를 떠날 수 있을지도 의문이고…. 동료들도 그쪽에서 만나기로 했어요. 물론 살아 있다면요.”

“거기에 간다고 뾰족한 수가 있어요?”

태서가 되물었다.

“물론 가 봐야 알아요. 하지만 저희는 국가 지정 특별 공무원이고….”

그런데 그때였다. 라소미가 말을 다 마치기도 전에 아빠가 나섰다.

“우린 그쪽으로 가지 않을 겁니다.”

이번에는 모두 아빠를 쳐다보았다. 그러자 아빠는 길게 한숨을 내쉰 다음 말을 이었다.

“어느 쪽으로 가든 목숨을 장담할 수 없어요. 그럴 바에는….”

무슨 말을 하려는지 아빠는 잠시 입을 닫고 숨을 길게 내쉬었다. 디안은 초조해 보이는 아빠의 얼굴만 쳐다보았다.

이윽고 아빠가 입을 열었다.

“라소미 씨의 말을 듣지 않았다면 모르겠는데…. 애니 포털 센터로 가야겠어요. 미안하지만 라소미 씨가 앞장서 줘요.”

“네? 아빠!”

디안은 자신도 모르게 목소리를 높였다. 다른 사람들도 놀랐고, 라소미는 입을 쩍 벌렸다. 그런 라소미를 쳐다보며 아빠가 말을 이었다.

“지금 이동할 수 있는 수단이 태서 할아버지가 타고 오신 무빙 보드 외에는 없어요. 게다가 할아버지는 다리를 다쳐 오래 걸을 수 없고. 더구나 제2통제소 폐쇄 시간이 앞당겨진다면, 더더욱 방법이 없죠. 그럴 바에는 애니 케어 센터로 가서 소장을 설득하거나….”

“죽여 버려요!”

디안은 자신도 모르게 끼어들었다. 얼결에 뱉은 말이지만 디안은 자기 스스로도 놀랐다. 그 때문에 얼굴을 붉히고 고개를 숙여야 했다.

그런데 라소미가 고개를 저었다.

“저는 못 해요! 거기서 겨우 도망쳤다고요! 그리고 내가 벌인 일도 아니잖아요.”

“해야 합니다. 라소미 씨가 아니면 아무도 못 해요. 비록 누군가의 명령을 받고 실험했지만, 그렇다고 전혀 책임이 없는 건 아니에요.”

“선생님!”

“해 줘요! 어차피 감염병 통제소든 VIP 항구이든 제시간에 도착한다는 보장도 없어요. 씨-크리처가 계속 쫓아올 테고. 더구나 당신은 소장의 감시를 받고 있어요. 그럴 바엔 놈의 허를 찌르는 거예요."

"그러고 나면요? 설사 소장을 설득할 수 있다고 해도. 그다음은요? 정부 당국에서 가만히 있을까요? 아니, 어떻게 그 모든 사실을 알릴 건데요?"

그 말에 아빠가 잠시 말을 멈추고 긴 숨을 몰아쉬었다. 그러다가 문득 일어났다. 아빠는 다시 라소미에게 말했다.

"라소미 씨. 당신이 여기에 오려고 한 이유가 있을 텐데요?"

"네? 무슨⋯."

"여긴 해외 정보 자료실이에요. 처음엔 단순히 외국의 출판물과 자료 같은 것을 보는 곳인 줄 알았는데, 아까 보니 아니더라고요. 여기에 있는 컴퓨터는 다른 곳에 있는 컴퓨터와 달리, 위성에 직접 연결하여 실시간으로 외국 자료를 볼 수 있는 곳이에요. 다크넷처럼 말이에요. 그래서 이쪽으로 오려고 했던 거 아니에요?"

"그, 그렇긴 하지만⋯."

"자, 이렇게 해요. 할아버지와 디안이 이곳에 남고, 나머지 셋이 애니 포털로 가기로 해요."

"저도 갈래요."

디안이 나섰다.

"아니야. 할아버지를 돌볼 사람도 필요해. 이따가 서고로 가서 우리가 짊어지고 왔던 배낭만 가져오면 며칠 이곳에서 견딜 수 있어.”

“저, 저는 못 가요.”

라소미가 소리를 높였다. 그러자 아빠가 그녀에게 조금 더 다가 갔다.

“라소미 씨. 겁나는 거 알아요. 하지만 아까도 말했지만, 통제소 든 항구 쪽이든 가다가 아무런 의미 없이 죽을 수 있어요. 설사 살 아남는다고 해도, 라소미 씨야말로 그다음은 어떻게 할 건가요?”

“…?”

“이 사태가 끝나고 나면 라소미 씨는 무사할까요?”

“모, 몰라요! 제발 그만하세요. 생각할 시간을 달라고요!”

그리고 라소미는 소파 한쪽에 풀썩 주저앉아 고개를 숙였다. 그 바람에 아빠는 더 이상 재촉하지 않았다. 그때를 맞추어 디안이 다 시 말했다.

“아빠가 남아요. 나랑 태서 오빠, 그리고 아줌마가 가면 돼요!”

“무슨 소리냐?”

“아빠도 부상이 심하잖아요. 그런데 어떻게 아빠가 가요. 태서 오빠, 어때?”

“응? 그, 그래….”

태서는 마지못해 대답하는 것 같았지만, 거절하지는 않았다. 그 때쯤 다시 라소미가 말했다.

“좋아요. 간다고 해도 거기까지 어떻게 갈 거냐고요. 무빙 보드도 망가지고….”

“이건 어떻소?”

할아버지가 나서는 바람에 다시 시선이 옮겨 갔다. 할아버지는 잠시 머뭇거리다가 말했다.

“우선 내가 타고 온 무빙 보드는 아직 괜찮을 거요. 그리고 제2 동물원까지만 가면 말이 있어요.”

“네? 말이라니요?”

“할아버지, 글래드 말인가요?”

디안의 질문에 태서가 끊고 나섰다.

“그래. 글래드라면 훌륭히 해낼 거야. 내가 돌보는 경주용 말이 한 마리 있소. 다른 녀석들도 다른 동물처럼 감염되고 뛰쳐나갔는데, 녀석만은 아직 남아 있을 거요.”

“소용없어요. 녀석도 감염됐을 수 있어요.”

“공기 중 감염은 희박하니까, 감염 동물만 조심하면 돼. 라소미 씨, 안 그렇소?”

“공기 중 감염률은 낮은 것이 맞긴 해요. 그렇지만 케어 센터에 이동 경로가 잡히면 통제당할 수도 있고….”

아빠의 질문에 라소미가 대답했다. 불안한 표정이었다. 그러자 이번엔 할아버지가 나섰다.

“괜찮을 거요. 그 아이도 케어 센서가 없어요. 칸인가 하는 개처럼 그 녀석도 몇 년 전에 크게 다쳐서 수술을 받았소. 사람들은 그냥 폐사 처리하자고 했지만, 내가 살려 재활시켰소. 그래서 가끔 태서도 탔고. 우리 태서가 말을 곧잘 타거든."

할아버지는 태서를 보면서 씩 웃었다. 그런 할아버지를 쳐다보면서 아빠도 고개를 끄덕였고, 라소미의 표정은 어둡게 바뀌었다.

그가


다잉 메시지를


남겼어요

글래드는 아름다웠다. 처음엔 백마(白馬)를 잘못 본 게 아닌가 싶어서 눈을 비비고 다시 살펴야 했는데, 털이 금빛이었다. 햇살을 받은 금빛 털이 빛을 냈다. 목 부분에 초승달 모양의 상처가 검게 나 있었는데, 그마저도 멋져 보였다. 넋을 놓고 바라보고 있자, 태서가 일러 주었다. "투르크메니스탄이란 나라 알아? 그 나라의 상징적 동물이래. 아할테케라고 불리는 말인데, 세계에서 가장 아름다운 말로 알려져 있지. 남북이 통일되고, 이곳에 동물원이 들어설 때, 그 나라의 대통령이 통일 기념 선물로 한 쌍을 보내온 적이 있었는데, 글래드는 그 말의 손자뻘이야"라고. 그러면서 혼자 뿌듯해했다.

그 말에 디안이 고개를 끄덕이자, 태서는 글래드의 상처를 어루만지며 한마디 더 했다.

"죽다가 살아난 녀석이라 더 정이 가. 원래 다른 이름이 있었는데, 살아났을 때 내가 글래드라는 이름을 지어 줬어. 녀석과 함께 달리면 늘 기뻤거든."

그뿐만 아니라 힘도 좋아서 디안과 태서, 그리고 라소미를 태우고도 거뜬히 달렸다. 일부러 도로를 피해, 들과 산길을 택했는데도 글래드는 한참 동안 쉬지 않고 언덕을 오르내렸다. 그러고도 지친 기색이 거의 없었다. 그래도 탈진할까, 걱정된다며 태서는 거의 한 시간 만에 산 위쪽에서 내려오는 시냇물을 만나자 글래드를 멈춰 세웠다.

라소미와 디안이 먼저 내렸고, 태서가 맨 나중에 내린 다음, 글래드를 냇가로 데려가 물을 먹도록 했다. 그러는 동안 저마다 냇가에 앉아 숨을 돌렸다. 디안은 태서에게 말을 언제부터 탔는지 물었고, 디안은 어릴 때부터 할아버지한테 배웠다고 대답했다. 승마 선수가 되고 싶은 적도 있다며 씩 웃었다. 덧붙여 "너도 가르쳐 줄게"라면서 밝게 웃었다.

물론 속마음이 아주 편치만은 않았다. 자율주행 자동차가 거리를 활보하고 무인 드론이 날아다니는 시대에 말을 타고 가다니? 여전히 어색했고, 어이가 없었다. 영화나 TV에 나왔어도 피식 웃었을 텐데, 그걸 자신이 하고 있다는 사실에, 디안은 여전히 쓸쓸한 생각이 들었다.

그런데 하필 그때, 저 멀리 숲 너머로 애니 포털의 은빛 쌍둥이

첨탑이 드러났다. 어떻게 보면 흔한 통신 타워처럼 보였다. 다만 꼭대기에서 항공장애등이 붉은빛으로 반짝였다. 그것을 라소미도 본 듯, 물을 꺼내 마시며 투덜거렸다.

"하! 내 발로 여길 다시 오다니, 내가 미쳤지!"

하지만 디안은 모른 척했다. 어쨌든 애니 포털까지 가는 일이나, 소장을 만나는 일에는 그녀가 필요할 것 같아서였다. 그래서 다독이기로 했다. 한편으로는 '애가 어른을 달래야 해? 뭔가 바뀐 거 아니야?'라는 생각도 들었다.

"아줌마. 물어볼 게 있어요. 정말 그게 가능한 거예요? 강아지나 고양이 같은 동물들은 그렇다고 쳐도, 햄스터나 토끼 같은 작은 동물들까지도 케어 센서를 장치하는 것 말이에요."

"그런데 나 아줌마 아니야."

갑자기 무슨 전개인가, 싶어서 디안은 라소미를 쳐다보았다. 정말 억울하다는 표정이었다.

"언…니?"

"아, 몰라! 어쨌든…. 초소형 칩을, 주사기를 이용해 삽입하는 방법이 개발되었어. 세계 최초지. 소장은 그것 때문에 더더욱 애니 포털에 자부심이 컸고."

"악어나 뱀 같은 동물을 키우는 사람도 있잖아요. 동물원에는 더 많은 종류가 있고요."

"뭐든 가능해. 약물과 함께 마이크로 센서를 주입하면 센서는 핏줄을 타고 이동하다가 뇌에 가서 자리를 잡는 거야."

"그럼 외부에서 사람들이 통제할 수 있고요? 그 초소형 칩이 외부로 노출되거나….'

"그런 일은 잘 없어. 글래드나 네 개처럼 동물이 사고를 당해서 피를 많이 흘리거나 장시간 치료로 다른 약물이 뇌를 손상시킬 경우가 아니면!"

"그럼, 소장이 케어 센터를 통해서 조종하는 동물이 어마어마하게 많다는 뜻이겠네요."

"그럴 거야. 더구나 케어 센터에서 먼 곳에 있는 동물은 드론을 이용해서 더 강력한 신호를 보내 자극하는 것 같아. 자극의 강도가 크고 높을수록 폭력성은 높아질 테니까."

"드론 카메라를 통해 상대를 파악한 뒤에 집요하게 공격하는 것이고요?"

"그래. 그럴 수 있지."

"그런데 소장은 이렇게 많은 사람과 동물을 해치고, 이젠 도시까지 텅 비었어요. 그래서 뭘 얻으려는 거예요?"

"그건 나도 자세히 알 수 없어. 사람들 말로는 자기 할아버지가 숙청당한 일에 대한 원한이 컸대. 그런데 하필 지금 부총리가 소장의 할아버지를 숙청하는 데 앞장선 사람이고…. 그런 소문이 돌긴 했어. 하지만 아무리 그렇다고 하더라도 미친놈이라고 할밖에는…."

라소미는 고개를 끄덕이며 담담하게 답했다. 그럼에도 표정으로 보아, 속내가 아주 복잡해 보였다.

디안은 더 묻지 않았다. 궁금한 것은 많았지만, 지금 당장은 눈앞에 보이는 애니 포털에 어떻게 들어갈 것인지, 또 들어간 뒤에는 무엇을 어떻게 해야 할지부터 궁리해야 했다.

그런데 어느 즈음이었을까. 애니 포털 쪽 하늘이 살짝 검게 물드는 듯했다. 구름일까, 싶었는데 그보다는 빠르게 움직였고 금세 이쪽을 향해 다가왔다. 무리 지어 나는 새들이었다.

"설마 저 새들도…. 그럴까요? 비둘기도 많이 보이던데…. 식량을 구하러 갔다가 비둘기 떼 공격을 받았거든요."

"마찬가지야. 도심의 비둘기는, 그 개체수가 늘어나는 것을 방지하기 위해서 수시로 점검하고…. 제기랄! 우리 쪽으로 오는 것 같은데?"

라소미도 그 검은 그림자를 본 듯했다.

"피해! 숲으로 들어가!"

라소미가 소리쳤다. 그리고 먼저 일어나 개울 건너편 숲으로 뛰었다. 디안이 뒤따랐고 태서는 글래드를 이끌고 몸을 피했다.

숲은 울창했다. 높게 자란 소나무가 빼곡했고, 사이사이에 이름 모를 잡초와 키 작은 나무들이 가득 차 있었다. 허리를 낮추고 그 안으로 깊이 들어갔다. 곧이어 새 떼가 따라 들어왔다. 비둘기만이 아니었다. 독수리도 있었고, 심지어 알록달록한 앵무새도 끼어 있었다. 겁도 났지만, 그 광경이 낯설어서 디안은 자신도 모르게 고개를 저었다. 아니, 조금 귀찮기도 하고 짜증도 났고, 화가 나기도 했다.

디안은 등을, 팔과 다리를 공격하는 새들을 손으로 쳐내고 붙잡아 내동댕이쳤다. 돌아보니 태서는 자신과 글래드를 공격하는 새들을 물리치느라 이리저리 뛰어다니고 있었다. 글래드 역시 딴에는 새들의 공격을 물리치느라 반복해서 뒷발질 중이었다. 라소미는 유독 몸부림을 치고 소리를 지르며 막대기를 휘둘러 댔다.

"저리 안 가! 이 징그러운 놈들!"

그럴 상황이 아닌데도 그 모습이 우스꽝스러워서 디안은 실소를 금할 수가 없었다.

그런데 좀 이상했다. 몇 마리는 요란하게 날갯짓하면서 공격을 시도했지만, 상당수의 새는 소나무 가지에 부딪히기도 하고, 그러다가 제풀에 바닥으로 떨어졌다. 디안은 새들을 물리치며 라소미에게 다가갔다.

"아줌, 아니 언니! 저게 뭐예요? 왜 저러는 거예요?"

"나도 몰라. 다만, 숲속이라 정확하게 공격 대상을 찾지 못해서 그럴 수도 있고…. 장애물이 많잖아. 자기 머리로 공격 대상을 찾는 게 아니라, 누군가의 명령을 받고 무의식으로 정해진 방향으로만 가다 보니까 일종의 오류 같은 것이 생겨서 그럴 수도 있어."

이해가 될 듯도 하고 모를 듯도 했다. 그래서 디안은 조금 더 숲

속으로 들어가 잔가지가 울창한 나무 뒤로 몸을 숨겼다. 과연 새들의 공격이 뜸해졌다. 한두 마리가 달려들긴 했지만, 놈들을 물리치긴 어렵지 않았다.

하지만 그게 문제가 아니었다. 숲 저편에 또 다른 동물이 나타났다. 이번엔 맹수였다. 그것도 여우 다섯 마리! 크고 작은 은빛 여우들이 천천히 다가오고 있었다.

"디안, 달아나야 해!"

태서가 말했고, 그렇지 않아도 디안은 천천히 한 발씩 뒷걸음질을 쳤다. 그 사이에 막 다가선 라소미는 가방에서 마취총을 꺼내 들었다.

그런데 조금 이상했다. 움직임이 다른 씨-크리처와 달랐다. 다짜고짜 덤벼들지도 않았고, 그리 적개심이 강해 보이지도 않았다. 무엇보다 지친 듯 보였다. 아닌 게 아니라, 가만히 살펴보니 뒤쪽에 있는 작은 여우 두 마리는 상처를 입은 듯 은빛 털 곳곳이 검붉었고 떨고 있었다.

"잠깐만요! 이 녀석들은 우리를 공격하려는 게 아닌 것 같아요."

"그래. 야생에서 쫓겨난 녀석들 같아."

"언니 생각도 그래요?"

"응, 예전에는 주로 백두산 일대에 서식하던 녀석들인데, 통일 후에 이쪽에 동물원을 만들면서 다섯 쌍을 포획해 불타산을 비롯해 장산시 주변 산에 방사했다고 했어."

"그럼, 씨-크리처에 쫓겨 여기까지 내려온 것이군요. 한 가족이
아닐까, 싶어요."

"맞아. 여우는 보통 이른 봄부터 새끼를 낳거든."

그런데 그때, 태서가 나섰다.

"하지만 굶주렸다면요? 그리고 감염 동물에게 시달렸다면 저
녀석들도 잔뜩 화가 나 있을지도 모르죠."

라소미의 말을 듣고 안심하려던 디안은 태서의 말에 다시 긴장
해야 했다. 틀린 말이 아니었기 때문이다. 지금 감염된 반려동물들
이 훨씬 더 폭력적이지만, 야생성이 살아 있는 은빛 여우가 더 안
전하다고 장담할 수는 없었다.

아마 그 말에 라소미도 자극이 된 듯했다. 마취총을 제대로 겨
누었다. 그때 디안이 나섰다.

"잠시만요."

디안은 라소미가 든 마취총을 내리고 천천히 앞으로 다가갔다.

"위험해! 뭘 하려는 거야?"

라소미가 낮은 소리로 말하며 팔을 붙잡았다. 하지만 디안은 라
소미의 손을 살며시 걷어 내고 앞으로 나아갔다. 그러자마자 앞쪽
의 여우가 금세 흰 이를 드러내며 경계 자세를 취했다. 디안은 일
단 몸을 낮추고 눈을 맞추었다. 그리고 물었다. 넌 어디서 왔냐고.
혹시 길을 잃은 건 아닌지, 도움이 필요한지 등등. 엄마가 그러라
고 했던 기억이 났다. 사람의 말은 알아듣지 못하지만, 말할 때 그

표정이 보이고 말소리는 그냥 높낮이만으로도 진심을 전달한다고.

과연 효과가 있었던 걸까. 여우가 흰 이빨을 감추고 표정을 풀었다. 디안은 무릎을 꿇은 채 한 손으로 땅바닥을 서너 번 긁고 조금 더 앞으로 나아갔다. 그러고 나서 한 손을 앞으로 뻗었다. 그러자 여우가 조심스레 다가와 냄새를 맡았다. 뒤미처 제 발로 디안의 손을 톡톡 건드리다가 마침내 머리를 디밀었다.

디안은 여우의 머리를 쓰다듬고 목덜미를 만져 주었다. 그러자 곁에 섰던 다른 여우들까지 앞으로 나섰다. 마침내 디안을 둘러싸더니 몸을 비벼 대고 어려 보이는 두 마리는 손과 발을 핥기도 했다. 그래서 디안은 또 말했다. 너희를 만나서 기쁘다고. 난 너희의 친구라고. 너희를 아프지 않게 할 거라고….

잠시 후, 디안은 천천히 몸을 일으켰다. 다시 찾아오겠다고 말하면서. 여우들은 디안의 말을 알아들었는지 일어나 뒤편으로 물러났다. 그리고 한참 동안 디안을 쳐다보더니 반대편 숲으로 걸어갔다.

"어, 어떻게 한 거야?"

"그냥…. 엄마가 그랬어. 어떤 동물이든 진심을 알아보는 능력이 있다고. 그런데 나에게는 그런 진심을 전달할 힘이 있대. 어릴 때부터 그랬대."

사실 그 말을 디안은 온전히 이해할 수 없었다. 그냥 엄마가 그렇게 말했고, 그 말로 인해 자신이 특별하다는 느낌이 조금 들었을 뿐이었다. 그래서 오랫동안 머릿속에 남겨 둔 말이었다. 그런데 그 말을 이해한 것일까. 태서는 고개를 끄덕였다. 옆에 섰던 라소미도 조금은 놀란 듯 눈을 크게 뜨고 한참 동안 디안을 쳐다보았다.

그런데 그때, 갑작스레 옆으로 메고 있던 가방에서 태블릿을 꺼냈다. 그러더니 잔뜩 인상을 썼다.

"무슨 일이야?"

디안은 반사적으로 물었다. 하지만 태서는 이쪽을 돌아보지도 않은 채 대답했다.

"곧 도시가 공식적으로 폐쇄된대. 그와 동시에 AC-2-4.4 백신이 살포될 거고…."

"소문이 아니고 확정? 어, 언제?"

"오늘 밤 자정!"

이번에는 태서가 디안과 라소미를 쳐다보면서 말했다.

"미쳤어. 틀림없이 소장이 개입되어 있을 거야."

"무슨 말이에요? 도시 폐쇄는 소장이 할 수 있는 일이 아니잖아요."

"물론이야. 하지만 자극을 줄 수는 있지. 부추길 수 있다는 뜻이야."

"왜죠? 소장은 왜…? 도대체 이러는 이유가 뭘까요? 이렇게 해서 그가 얻을 수 있는 게 뭐냐고요?"

디안은 아까처럼 다시 물었다.

"그래. 그게 좀 석연치 않기는 해. 처음엔 불법적 동물실험을 감추기 위해서가 아닐까, 생각했는데 고작 그런 이유로 도시 전체를 위험에 빠뜨리지는 않을 거란 생각이 들어."

"혹시 도시 전체를 자기가 지배하겠다, 뭐 그런 건 아닐까요? 그래서 동물들을 시켜서 사람들까지 다 내쫓는 거잖아요?"

태서의 말에 디안은 뜨악한 표정으로 쳐다보아야 했다. 그래서 뭘 할 건데? 그게 가능하다고 생각해? 그런 질문들이 머릿속을 떠돌았지만 입을 열지는 않았다. 라소미도 태서를 쳐다보다가 곧 고개를 돌렸다. 그러고는 말했다.

"어쨌든 우리에게 시간이 별로 없는 건 확실해. 자정이라면 고작 아홉 시간밖에 남지 않았다는 거야."

"맞아요. 서둘러요."

태서가 얼른 글래드 위로 올랐다. 그리고 디안과 라소미가 차례로 그 뒤에 탔다. 그러자마자 글래드는 소나무 숲을 달리기 시작했다. 숲속은 햇빛이 들지 않을 만큼 이름을 알 수 없는 나무들로 빼곡했고 오르락내리락 굴곡이 졌는데도 글래드는 조금도 주저하지 않았다.


소나무 숲이 끝나자마자 글래드가 콧소리를 크게 내면서 멈추었고, 눈앞에 애니 포털의 웅장한 모습이 드러났다. 담쟁이덩굴이 뒤덮인 거대한 벽돌담이 중세 성벽을 떠올리게 했다. 견학으로 왔을 때는 버스를 타고 정문으로만 오간 탓에 옆모습이 이럴 줄 꿈에도 상상하지 못했다.

"저 가운데 산(山)자 모양으로 우뚝 솟은 건물이 메인 센터야. 그리고 그 너머의 나지막한 붉은색 건물 보이지? 그게 동물실험 센터, 그 왼쪽에 전망대처럼 만든 건물이 케어 센터야. 원뿔 모양 건물 말이야."

라소미는 담장 너머에 여기저기 치솟아 있는 건물들을 일일이 가리키며 말했다. 딱히 답할 말이 없어서 디안은 고개를 끄덕이기만 했다. 그때 태서가 물었다.

"우린 어디로 가야 해요?"

"저쪽! 정문과 동문 사이에 직원 전용 출입구가 있어. 아무래도 조용히 들어가는 게 낫겠지? 어디서 씨-크리처가 나타날지 모르니까."

라소미는 언덕 아래의 조금 더 북쪽을 가리켰다. 가만히 내려다보니, 그쪽에 좁은 2차선 도로가 나무들 사이로 보였고, 그 끝에 어렴풋이 버스가 몇 대 서 있었다. 태서는 그쪽을 확인하자마자 언덕 아래로 말을 몰았다.

S자로 휘돌아 난 2차선 길을 따라가자 곧 출입문이 보였다. 그 앞에 버스 두 대와 승용차 몇 대가 뽀얀 먼지를 뒤집어쓴 채 서 있었다. 다행히 그때까지는 사방이 조용했다. 씨-크리처의 모습은 보이지 않았다. 라소미가 말에서 내려 출입문 앞에 다다를 때까지

먼 곳 어디에선가 새소리가 들렸을 뿐이다.

라소미는 말에서 내려 대문 앞으로 걸어갔다. 촘촘한 은빛 창살로 된 문 한가운데 검은색 상자 같은 것이 매달려 있었다. 라소미는 그것의 뚜껑을 열더니 손을 펴서 안으로 집어넣었다. 그러자 곧바로 주위에 녹색 불이 들어왔고, 상자 위에서 홀로그램 글자가 튀어 올랐다.

PASS.

동시에 문이 열렸다. 라소미는 한 걸음 앞으로 내디뎠다. 그때, 디안이 말했다.

"잠시만요. 너무 쉽게 문이 열리는 게 좀 이상하지 않아요? 물론 아줌마가 여기 근무했던 사람이라고는 하지만…."

"맞아요. 소장이 이렇게 허술하게 이곳을 관리할 것 같지 않은데…?"

"아줌마 아니라니까! 휴…, 그건 그렇고. 그럼, 어떻게 할래? 담이라도 타 넘어갈까? 애니 포털의 모든 담은 안팎이 평균 4.5미터야. 새가 아니면 어떤 동물도 빠져나갈 수 없다고."

태서도 디안을 거들었지만, 라소미는 불퉁거리며 대답하고 앞으로 나섰다.

눈앞에 널따란 정원이 펼쳐졌다. 얼핏 보면 평화로운 공원에 온 듯한 느낌이 들었다. 잘 정비된 길은 물론 화단 위의 꽃과 나무가 정갈하게 가꾸어진 모습이었다. 곳곳에 벤치가 놓여 있었고, 여기저기에 돌로 만든 조각물도 눈에 띄었다. 오른쪽에는 인공 연못과 분수대까지 들어서 있었다. 심지어 분수에서는 물까지 시원하게 뿜어져 나오고 있었다. 하지만 이런 시국에 분수대가 작동한다는 게 왠지 더 꺼림칙했다. 겉으로는 매우 평화스러워 보였지만, 폭풍 전야의 느낌이랄까.

아니나 다를까. 천천히 앞으로 나아가는데, 정원 곳곳에서 무언가 꿈틀거리는 느낌이 들었다. 앞편 장미 정원 뒤에서, 오른쪽 분수대 뒤편에서, 그리고 크고 작은 나무 뒤에서. 아니, 그러는가 싶더니 몇 걸음 더 나서자마자 시커먼 것이 바로 앞 꽃밭에서 휙 튀어 올랐다. 하나도 아니고, 두셋이었다.

"캬아아아옹!"

고양이였다. 걷고 있던 라소미가 기겁하며 뒤로 물러났다. 그중 온몸이 새하얀 놈이 라소미의 다리를 물고 늘어졌다.

"저리 가!"

라소미가 붉은 눈빛의 고양이를 거칠게 털어 냈다. 고양이는 떨어져 나갔지만, 시작일 뿐이었다. 이번에는 저편 벤치 아래에서, 통로 옆 나무 위에서 다시 고양이들이 연이어 튀어나왔다.

"언니, 빨리 말에 타요."

디안은 소리를 질렀고, 라소미는 얼른 말 위에 올랐다. 그러자마자 태서가 힘껏 소리를 질렀다.

"모두 꼭 잡아요! 글래드, 달려!"

동시에 글래드가 속력을 높였다. 그러자 또 다른 고양이 무리가 일제히 달려들었다. 어떤 녀석은 다리를 스쳤고, 나무 위에서 뛰어 내린 고양이는 어깨에 달라붙기도 했다. 심지어 글래드의 엉덩이에 달라붙는 놈도 있었다. 손과 다리를 흔들어 연신 떼어 내긴 했지만, 고양이는 끊임없이 몰려왔다.

글래드는 정원을 가로질러 꽃밭을 뛰어넘고 키 작은 나무들을 타고 넘어 곧 널따란 잔디 광장으로 들어섰다. 뒤돌아보니, 못해도 수백 마리의 고양이가 새까맣게 뒤쫓아 오고 있었다.

그때 라소미가 소리쳤다.

“오른쪽으로 달려! 호수가 보일 거야!”

태서는 곧바로 말고삐를 오른쪽으로 당겼다. 과연 얼마 달리지 않아 커다란 호수가 나타났다.

“더 오른쪽으로! 저 앞에 보트가 있어.”

그 말에 태서는 호수 길을 따라 더 힘껏 말을 몰았다. 그러자 허름한 건물과 함께 작은 선착장이 보였고, 보트 몇 대가 호수 위에 떠 있었다.

“다행이야. 호수 관리용인데, 작동할지 모르겠다.”

라소미는 말에서 내리자마자 보트로 달려가면서 말했다. 그러더니 보트 위에 올라타고는 운전석 쪽 버튼을 몇 개 눌렀다. 아까 처럼 ‘PASS’라는 글자가 떴고, 곧바로 위잉 소리가 났다.

“빨리!”

라소미가 소리쳤고, 태서는 잠시 머뭇거리는 듯했다. 그러더니 글래드에게 무어라고 말하고 엉덩이를 힘껏 쳤다. 그러자 글래드가 오던 길 쪽을 향해 힘껏 달려갔다. 그 모습을 확인한 다음, 태서는 재빨리 보트 위에 올라탔다. 동시에 보트는 출발했다. 돌아보니 고양이들은, 일부는 글래드를 쫓았고 일부는 선착장 앞에 모여들어 하악질을 해 댔다. 성급한 몇 놈이 물속에 빠져서 허우적거리는 모습도 보였다.

"이제 어디로 가요?"

"어디긴. 소장을 만나야지. 동물실험 센터에 가면 있을 거야."

디안의 물음에 라소미는 오른편 건물을 가리켰다. 건물의 붉은 색이 아까 밖에서 보았을 때보다 훨씬 붉어 보였다. 그래서였을까. 디안은 아까보다 더 긴장됐다.

그런데 그때, 다시 새 떼의 모습이 눈에 들어왔다. 새들은 건물 옥상 난간에 새까맣게 앉아 있었다. 씨-크리처는 어디에나 있구나, 싶었다.

"언니…."

"나도 봤어. 서둘러야겠어."

디안의 말에 라소미는 고개를 끄덕였고, 더 빠른 속도로 보트를 몰았다. 그리고 소리쳤다.

"모두 엎드려!"

그 말에 디안과 태서는 배 바닥에 납작 엎드렸고, 보트는 호숫

가를 넘어 땅 위로 한참이나 더 간 다음에 멈추었다.

"뛰어!"

라소미가 앞서 뛰었다. 디안과 태서는 재빨리 뒤를 따랐다. 라소미는 건물의 정면을 향해 달렸고, 바로 그때쯤, 옥상의 새 떼가 수직으로 떨어지기 시작했다.

"으아아아!"

디안은 자신도 모르게 소리를 쳤다. 무슨 검은색 돌이 비처럼 떨어지는 모양새였다. 끔찍한 생각이 들었다. 새들은 디안의 어깨에, 발 앞에 툭툭 떨어졌고, 그중 일부는 다시 파닥거리면서 달려들었다. 라소미가 아까와 같은 방법으로 현관문을 열고 안으로 들어갈 때까지 끊임없이 온몸을 쪼아 댔다.

"우아아아! 이 끔찍한 놈들! 내가 다시는 여기에 오지 않을 거야."

라소미는 투덜거리면서 안으로 들어갔다. 재빨리 문을 닫자, 새들이 유리문에 와서 턱턱 부딪쳤다. 금세 유리문에 피와 깃털이 묻었다. 볼수록 섬뜩했다.

"뭐해!"

라소미가 재촉하며 앞으로 뛰어갔다. 그러나 앞으로 달리던 라소미가 문득 멈추어 섰다.

"왜…?"

디안은 묻다가 입을 다물었다. 저편 앞에 누군가가 쓰러져 있었다.

"오지 마! 물러서 있어."

라소미는 그렇게 말하고 쓰러진 사람 쪽으로 걸어갔다. 하지만 멀리서 보아도 짐승에게 물어뜯긴 흔적이 역력했다. 옷은 찢어져 있었고, 다리와 팔은 물론 얼굴에도 핏자국이 선명하게 보였다.

그때, 태서가 디안을 툭 치더니 한쪽 구석을 가리켰다.

"헉!"

그쪽에도 쓰러진 사람이 보였다. 디안은 숨이 막힐 것 같았다. 일단 라소미가 돌아올 때까지 기다리는 수밖에 없었다.

라소미는 옆쪽 구석에 쓰러진 사람까지 살피고 오더니 말했다.

"나와 함께 탈출했던 연구원들이야. 도대체 어떻게 된 건지 모르겠어."

"소장이 다시 불러들였을까요? 아까 드론에서 언니를 찾았잖아요."

디안은 급히 말했다. 라소미가 천천히 고개를 끄덕였다. 그러더니 주먹을 꽉 쥐고 앞으로 걸었다. 그쪽에 엘리베이터가 있었다. 디안은 태서와 함께 일단 따랐다.

엘리베이터 안에서 라소미는 마취총을 빼 들었다. 그걸로 소장을 쏘기라도 할 기세였다. 말리고 싶었지만, 입이 떨어지지 않았다. 조금 전 본 사람들을 생각하니 오히려 그것이라도 있는 게 얼마나 다행인지 모른다는 생각마저 들었다.

티팅!

경쾌한 차임벨 소리와 함께, 엘리베이터 문이 열렸다. 그러나 막 엘리베이터에서 내리는 순간, 디안은 다시 걸음을 멈추어야 했다. 바로 앞에 또 한 사람이 쓰러져 있었다.

"헉! 소장님!"

디안은 태서와 함께 뒤로 한 걸음 물러났고, 라소미는 소리를 치며 앞으로 나아갔다. 그런데 잘못 들었나? 소장님이라니!

라소미는 얼른 달려가 소장의 몸을 살폈다. 얼굴에 귀를 대고, 마구 흔들어 보기도 했다.

"소장님, 제발 정신 좀 차리세요, 제발요! 숨 좀 쉬세요!"

그러나 아무런 반응이 없었다. 디안은 가만히 다가갔다. 아직 숨이 끊어진 것 같지는 않았다. 다만 그 역시 아래층에 쓰러진 사람들처럼 옷 곳곳이 찢어져 있었고, 다리와 팔에 알 수 없는 짐승에게 물린 흔적이 보였다.

디안의 머릿속이 복잡해졌다.

'이 사람이 소장이라면, 누가 저 동물들을 조종하는 것일까?'

바로 그때, 소장의 손끝에 떨어진 볼펜이 보였다. 뒤미처 바닥에 희미한 글자가 쓰여 있는 것이 눈에 띄었다. 디안은 무서움을 무릅쓰고 얼른 다가갔다. 바닥에는 알 수 없는 글자가 쓰여 있었다. 얼마나 급했으면 바닥에 볼펜으로 글씨를 쓸 생각을 했을까, 싶었다.

'로빈.'

그때, 소장의 몸 이곳저곳을 뒤지던 라소미가 가까이 다가왔다.

“다잉 메시지를 남기려 했던 것 같아. 소장의 몸에 마스터키가 없어. 그걸 빼앗기면서 마지막으로 누군가에게 메시지를….”

라소미는 그 말을 채 맺지도 못하고 자리에 털썩 주저앉았다. 얼굴이 순식간에 창백해졌다. 그리고 다음 순간, 복도 끝 유리창이 깨지면서 새들이 날아들었다.

마지막으로

경고합니다

“설마….”

라소미는 새들을 피해 아래층으로 내려온 뒤에도 계속 같은 말만 반복했다. 주저앉아서 덜덜 떨기만 했다.

“언니, 왜 그래요? 로빈이 누군데요?”

“그럴 리 없어. 누군가 있을 거야.”

라소미는 거듭 알 수 없는 소리만 했다. 답답했다. 결국 디안은 소리를 지르고 말았다.

“정신 좀 차리라고요. 어른이 왜 그래요? 네?”

“너, 너는 몰라. 지금 무슨 일이 일어나고 있는지…. 아니, 물론 내 추측일 뿐이지만….”

“그러니까요. 말해 보라고요. 그래야 알 것 아니에요.”

“맞아요. 뭐든 알아야 우리가 끔찍한 일들을 끝낼 수 있어요.”

보다 못한 태서까지 나섰다. 그러자 라소미는 숨을 몇 번 크게 들이쉬고 내쉬더니 겨우 입을 열었다.

"로빈은 고양이 이름이야."

"고양이요? 그럼, 마스터키를 고양이가…. 고양이의 목에 걸어두었다, 뭐 이런 뜻일까요?"

디안은 얼른 되물었다. 라소미는 잔뜩 인상을 쓴 채 뭔가 석연치 않다는 투로 입을 열었다.

"로빈은…. 그래, 녀석의 별명은 '바람난 암고양이'였지. 원래 녀석도 실험동물로 이곳에 들여왔어. 이런저런 실험에 쓰였고, 만신창이가 된 몸으로 버려졌지. 대부분의 실험동물이 그래."

디안은 자꾸만 다급한 마음이 들었지만, 라소미는 뜸을 들였다. 말하면서도 무언가를 자꾸 생각하는 눈치였다.

"그런데 폐기장에 버려진 녀석이 다시 살아났어. 그게 기특해서 연구원들이 그냥 키우기로 했지. 그랬더니 이 녀석이 이곳저곳을 다니면서 여러 마리의 수컷과 짝짓기를 하더니 셀 수도 없이 새끼를 낳았어. 그러고도 멀쩡한 거야. 실험할 때 투여된 온갖 약물이 도리어 녀석의 왕성한 번식력을 자극했구나 싶었어."

"그럼 씨-크리처 중에는 로빈의 새끼들도 있겠네요?"

"그렇겠지? 아무튼 마침 그때 한 팀에서 지성화 실험을 하고 있었어. 아까 말한 마이크로 센서 있지. 그와 비슷한 방식으로 프로세서를 주입한 뒤에 지속적으로 전기 자극을 줘서 뇌를 활성화하고, 딥 러닝을 유도해서 지능을 높이는 실험이야."

중간에 태서가 끼어들어 질문했고 라소미는 담담하게 대답했다. 조금씩 정신을 차리는 모습이었다. 하지만 디안은 자신도 모르게 인상을 쓰고 말았다.

"전기 자극이요? 실험에 쓰인 동물들은 몹시 고통스러웠겠네요. 혹시 로빈이라는 녀석을 그 실험에 사용했나요?"

"그래. 전기 자극 말고도 수많은 약물이 사용되었으니까."

"왜죠? 그동안 받은 실험 때문에 고통스러웠을 텐데, 또 그렇게까지…?"

"이유가 있었어. 다른 동물을 거듭 실험했는데, 계속 실패만 했거든. 인체와 인공지능용 프로세서가 서로 충돌을 일으켜서 동물이 사망하거나, 아니면 아무런 효과가 없었지. 그러다가 누군가가 로빈을 이용해 보자는 이야기를 했어. 수많은 실험에 이용되었는데도 불구하고 살아남았고…. 아니, 오히려 더 왕성한 활력을 보였으니까."

"그래서 성공했나요?"

"사실 결과는 공식적으로 발표되지 않았어. 세 차례에 걸쳐 로빈에게 프로세서가 이식되었고, 그 결과를 기다리던 중에 바이러스가 퍼졌거든."

"그럼, 왜 소장은 로빈을…. 성공했군요. 언니도 그렇게 믿는 거죠?"

"…!"

"그럼, 설마 이 모든 걸 로빈이…?"

디안은 묻다가 자신도 모르게 소리를 높였다. 라소미가 찬찬히 고개를 끄덕이고 있었기 때문이다. 하지만 디안은 곧바로 고개를 저었다. 갑자기 태서도 소리를 높였다.

"그럴 리가요? 디안, 그게 가능한 일이라고 생각해? 아무리 지능을 가진 동물이라도 이 엄청난 일을 벌인다고? 설마! 그건 아니지 않아?"

"그래. 가 보기 전에는 아무것도 알 수 없어. 일단 가 봐야 해."

라소미가 벌떡 일어났다.

"어딜요?"

"동물실험 연구동으로 가야겠어. 모든 일이 거기서 시작되었으니까. 소장님이 아니라도 동물 지성화 실험의 비밀을 알고 있는 사람은 아직 더 있어."

디안의 물음에 라소미는 서둘러 계단을 내려갔다. 일단 따를 수밖에 없었다. 디안과 태서는 무턱대고 아래층으로 내려가는 라소미를 따라 뛰듯 걸었다.

라소미는 들어왔던 문이 아닌 다른 쪽 문으로 나갔다. 문을 열자마자 자동차 열대여섯 대를 주차할 수 있는 공간이 나왔고, 그 앞으로 2차선 길이 나 있었다. 양편으로 가로수가 촘촘히 심어진 길이었다. 라소미는 출입문 바로 앞에 세워져 있던 무빙 보드를 가리켰고, 그것을 타자마자 2차선 길을 따라 내려갔다.

그런데 얼마 지나지 않아 익숙한 냄새가 코를 찔렀다. 알코올 냄새였다. 아빠의 병원에 늘 배어 있는 그 냄새는, 곧게 하늘로 뻗은 메타세쿼이아 나무로 가려진 붉은 벽돌 건물 앞으로 다가갈수록 짙어졌다.

라소미는 아까와는 달리 서슴없이 건물 안으로 들어갔다. 조금 전에 있던 건물보다 익숙한 듯 곧바로 로비를 통과해 정면 쪽, '실험연구동 관계자 외 절대 출입 금지'라는 붉은 글씨가 박힌 유리문을 통과했다. 그리고 곧장 이어진 계단으로 내려갔다. 알코올 냄새가 더 짙어졌고, 뒤미처 또 다른 약물 냄새까지 콧속에 흘러들었다.

지하 2층까지 내려온 라소미는 긴 복도를 걸었다. 실험 B동이라는 팻말이 복도 천장에 선명하게 쓰여 있었다. 복도는 길었고, 양쪽에 일정한 간격으로 문이 나 있었는데, 그 문에는 이해할 수 없는 명칭들이 붙어 있었다. DNA 복제실, 수술실 A, 수술실 B, 냉동 보관실, 해부실, 바이러스 항체 개발실…. 그러다가 문득 방문이 열려 있는 방이 눈에 띄었는데, 디안은 거기서 걸음을 멈추었다.

특수동물 배양실.

얼결에 그쪽으로 살짝 다가갔다. 30여 개의 인큐베이터에 갇혀 있는 동물을 발견했다. 그런데 뜻밖에도 그 동물들이 하나같이 듣지도 보지도 못한 모양을 하고 있었다.

"저, 저게 뭐죠?"

인큐베이터 안에는 고양이 머리를 하고 개나 혹은 큰 도마뱀의 몸을 가진 동물도 있었다. 새의 머리인데, 곤충처럼 갑각류의 몸을 가진 동물도 보였다.

"안 돼! 거기서 나와!"

라소미가 뒤늦게 따라와 디안의 팔을 거칠게 붙잡았다.

"이런 실험도 한다고요? 이게 말이…."

"아니야. 난 안 했어. 이건 그냥…. 그냥 실험일 뿐이야. 어서 나와. 여기서 이러고 있을 시간이 없어."

결국 디안은 라소미에게 이끌려 다시 복도로 나갔다. 머리가 띵했다. 조금 전에 무얼 본 것일까, 싶어서 어지럽기까지 했다. 자신도 모르게 자꾸만 머리를 저었다.

그런 채로 라소미를 따라갔다.

라소미는 복도의 끝 쪽 방으로 급히 들어갔다. 디안은 다시 한 번 놀랐다. 방 안에는 투명한 유리관이 가로세로 촘촘히 세워져 있었는데, 모두 고양이 표본이었다. 어떤 유리관은 비어 있었고, 깨진 것도 있었다. 라소미는 그 사이를 재빨리 걸어가더니, 갑자기 어느 곳에서 멈추었다. 절반이 깨진 빈 유리관 앞이었다.

"아…."

라소미는 낮게 신음을 흘렸다. 빈 유리관 위쪽에는 메모가 붙어 있었다.

이름: 로빈

성별: 암컷

나이: 3년 9개월(추정)

용도: 지성화

현재 상태: 3회에 걸쳐 AI 프로세서 주입 및 딥 러닝

주입 데이터량: 22TB(IQ 133 지능에 해당)

특이 사항: 번식력이 강함


"없어! 설마 했는데….."

라소미는 허탈한 표정을 지었다.

"무슨 말이에요? 정말로 고양이가…?"

디안은 입술을 깨물고 있는 라소미에게 물었다. 말도 안 되는 생각이 떠돌아서였다. 하지만 라소미는 고개를 저었다.

"누군가 로빈을 이용하고 있을 수도 있어. 그게 누구인지는 알 수 없지만."

그러더니 돌아서 출입문 쪽으로 향했다. 일단 디안은 따라갔다. 그런데 라소미는 출입문을 나서자마자 멈추었다. 출입문 앞에서 태서가 손을 들어 복도 저편을 가리키고 있었기 때문이다.

태서가 가리킨 것은, 복도 한가운데 천장에 매달린 커다란 모니터였다. 모니터에서는 두 종류의 글귀가 번갈아 가면서 깜박이고 있었다.

"헉!"

디안은 자신도 모르게 숨을 멈추었고, 라소미는 손으로 제 입을 막았다.

"누군가 우리를 지켜보고 있는 거 맞죠? 하긴 곳곳에 CCTV가 설치되어 있을 테니까요."

태서가 누구에게랄 것도 없이 물었다. 차마 인정하고 싶지 않았지만, 틀림없다는 생각이 들었다. 그렇다면 도대체 누가? 디안은 갑자기 등골이 서늘해졌다.

라소미는 무슨 말을 꺼내려는 듯 입술을 움찔거렸지만, 아무 말도 하지 않았다. 그러더니 한쪽 벽에 기대어 섰다. 고개를 들었다가, 땅을 내려다보기를 반복하면서 한숨을 내쉬었다.

"언니…!"

디안은 한참 시간이 지난 뒤에 입을 열었다. 라소미가 무슨 생각을 하는지 알 수가 없어서였다. 그러자 라소미가 디안을 쳐다보았다. 그리고 각오한 듯, 침을 꿀꺽 삼키고 말했다.

"어떻게 해야 좋을지 모르겠어."

"네?"

"메시지를 보낸 놈이 누구든, 우리는 지금 생각보다 큰 위험에 처한 듯해. 괜히 들어왔어."

"그래서 달아나기라도 하자고요? 그게 더 위험할 것 같은데요?"

라소미의 말에 태서가 대꾸했다. 디안의 생각도 마찬가지였다.

"그럼 어쩌자고?"

"애초에 우리가 하려던 걸 해야죠."

"하지만 우리가 설득하려던 소장은 이미…."

"아니에요. 우리의 목적은 소장을 만나는 게 아니라, 감염 동물을 원래대로 되돌려 놓는 거잖아요."

라소미와 태서의 대화에, 이번에는 디안이 끼어들었다. 그러자 곧바로 태서가 거들었다.

"맞아요. 하려던 걸 해야죠. 그게 설사 고양이라도 설득해야죠."

태서의 말에 라소미는 더 입을 열지 못한 채 깊은숨을 여러 번 내쉬었다. 복도를 이리저리 오가며 주먹으로 벽을 때리기도 했다.

그러다가 한참 만에 라소미는 결심한 듯 말했다.

"그래. 어차피 이렇게 죽으나, 저렇게 죽으나…."

"언니!"

"그냥 그렇다는 거야. 우선 애니 케어 센터로 가 보자. 바로 옆 건물이야. 거기 가면 뭐든 있겠지."

디안이 소리치자 라소미는 손사래를 치며 말했다. 그러고는 먼저 복도 끝으로 걸어갔다. 디안과 태서도 부지런히 그 뒤를 따랐다.

라소미는 서두르듯 계단을 올랐고, 빠른 걸음으로 1층 로비를 지났다. 그리고 문을 열고 밖으로 나갔다. 주저 없이 무빙 보드를 타고 옆 건물로 향했다. 그러는 동안 라소미는 아무 말도 하지 않았다. 디안도 그리고 태서도 딱히 말을 꺼내지 않았다.

무빙 보드를 애니 케어 센터 건물 앞에 세웠을 때, 해가 서쪽으로 바짝 기울어져 있었다. 등 뒤에서 달려온 빛이 입구 유리문에 반사되었다. 그 문을 열고 안으로 들어갔을 때, 비로소 라소미가 걸음을 우뚝 멈추었다.

로비 한가운데 있는 모니터에서 또 다른 메시지가 반짝거렸다.

> 당분간 애니 케어 센터의 출입을 금지합니다.
> 라소미 연구원은 동물실험 연구동으로 돌아가 특수동물 배양실의 실험체를 모두 활성화하십시오.
> 이 지시를 이행한 뒤, 다음 업무 지시를 기다리십시오.
> 경고합니다.
> 더 이상 애니 케어 센터 내부로 진입할 시 적당한 조처를 하겠습니다.
> 특히 외부인의 무단 침입에 대해서는 그 어떠한 보호도 받을 수 없음을 알려 드립니다.

디안은 가슴이 서늘해졌다. 모니터의 경고 문구가 아까보다 더 거칠어졌다는 느낌이 들어서였다. 더구나 모니터는 하나가 아니었고, 로비 내부에 빙 둘러 가며 켜져 있었다. 평소에는 안내용으로 쓰였을 법한 모든 모니터에 똑같은 글자들이 연신 깜빡거렸다. 정면 에스컬레이터 양옆에 설치된 모니터에도, 왼편 안내 센터 박스 천장의 모니터에도. 무엇보다 로비 한가운데 전망용 엘리베이터 앞의 커다란 모니터에서도. 어쩌면 그래서 더 공포스러웠는지도 모를 일이었다.

소름이 돋아서 그 자리에서 움직일 수가 없었다. 그건 태서나 라소미도 마찬가지인 듯했다. 약속이라도 한 듯 둘 역시 한동안 멍하니 모니터만 바라보았다. 하지만 라소미는 오래 기다리지 않았다.

"서둘러! 시간이 지날수록 놈에게 시간만 벌어 줄 뿐이야."

그러더니 앞으로 나섰다. 곧바로 전망 엘리베이터 앞으로 다가갔다. 그런데 이상했다. 상향 버튼을 눌렀지만, 엘리베이터는 작동하지 않았다. 라소미는 여러 번 버튼을 두드리다가 그 너머에 있는 에스컬레이터를 향해 뛰었다. 하지만 에스컬레이터도 작동하지 않았다. 그리고 다음 순간, 무슨 일일까 싶어서 두리번거리는데, 갑자기 실내 조명이 모두 꺼졌다. 아직은 해가 지기 전이어서 실내가 완전히 어두워지지는 않았지만, 이쪽저쪽의 구석에 금세 땅거미가 들어찼다.

그리고 모니터 속 글이 바뀌었다.

"우리 행동을 일일이 감시하고 있어요. 이 모든 것을 한눈에 볼 수 있는 곳이 어디인가요?"

태서가 두리번거리면서 물었다.

"12층 통제실이지. 케어 센터의 컨트롤 타워랄까?"

"엘리베이터 전원을 끈 걸 보면, 12층이 맞겠네요."

라소미의 말에 디안은 말을 끊었다. 그리고 자신도 모르게 주먹을 꼭 쥐었다. 동시에 머릿속에 한 가지 생각이 스쳐 지나갔다.

'12층에 누군가 있다!'

그때, 라소미가 에스컬레이터가 있는 쪽으로 발걸음을 떼었다. 디안도 어금니를 물고 일단 몸을 틀었다. 그러나 채 예닐곱 걸음을 걷지 못했다. 그쪽에서 알 수 없는 소리가 들렸다.

탁탁, 타탁, 탁!

반사적으로 걸음을 멈추었다. 처음엔 그런 소리로 시작해서, 잠시 후에는 에스컬레이터 위편에 검은 그림자가 생겨났다.

"샤오린!"

태서가 가장 먼저 입을 떼었다. 아닌 게 아니라 엊그제 아빠와 함께 길에서 보았던 경비견이었다. 여러 동물을 이끌고 야생동물들을 무자비하게 공격하던 그놈이었다. 아니, 그때보다 더 크고 앙칼진 모습이었다. 솔직히 말하면, 놈은 개라기보다는 무슨 괴수처럼 보였다. 유난히 도드라진 송곳니와 불쑥 튀어나온 붉은 눈빛이 유독 그랬다. 검은 몸체는 무슨 지옥에서 온 사자(使者) 같은 느낌마저 들게 했다.

"컹! 컹컹!"

놈이 이쪽을 향해 위협적으로 짖었다. 그 바람에 디안은 자신도 모르게 한걸음 뒤로 물러났다. 아니 짖는 소리에 놀라 두어 걸음 더 내뺐다. 그런데 무작정 뒤로 물러설 일이 아니었다. 디안이 물러서자 태서가 손을 잡으며 뒤쪽을 가리켰는데, 그 순간 디안은 한 번 더 놀라야 했다. 또 씨-크리처였다.

뒤편 출입구가 어느새 열려 있었고, 열린 문으로 고양이들이 들어오고 있었다.

"앞에는 미친개, 뒤에는 미친 고양이…. 도대체 뭔 놈의 고양이가 이렇게 많아!"

라소미는 마치 투덜거리듯이 말했다. 그러고는 얼른 마취총을 꺼냈다. 그러나 그러고 그만이었다. 앞쪽에 있는 '미친개'를 먼저 상대해야 할지, 뒤편의 '미친 고양이들'을 먼저 쏘아야 할지 알 수 없었다. 라소미는 샤오린을 겨누었다가 돌아서서 수십 마리의 고양이를 향했다가 하면서 허둥댔다. 그러는 사이 샤오린은 천천히 멈춘 에스컬레이터를 내려왔고, 고양이들도 다가오기 시작했다.

그러자 안 되겠다는 듯, 라소미는 샤오린 쪽을 향해 마취총을 겨누었다. 그러더니 호기롭게 앞으로 나아갔다.

"푸슉!"

라소미는 재빨리 한 발을 쐈다. 다행히 마취 탄환은 샤오린의 목덜미에 맞았다. 그런데 무슨 일일까. 마취 탄환을 맞은 샤오린은 잠깐 움찔하는 듯했지만, 시간이 지나도 그 자리에 멀쩡하게 서 있었다.

"뭐야, 저건? 왜 꼼짝을 안 해?"

"한 발 더 쏴요!"

태서가 서둘러 말했고, 그러자마자 라소미는 얼른 탄환을 하나 더 넣었다. 그리고 곧장 발사했다. 이번에는 왼쪽 앞다리 허벅지에 맞았다. 하지만 마찬가지였다. 다리의 충격 때문에 살짝 휘청거리는 듯하더니 다시 곧추섰다. 그러고는 앞으로 더 다가왔다. 뒤편에서는 고양이가 달려들기 시작했다.

"어떻게 된 거예요?"

"모르겠어. 다른 약물을 많이 맞은 동물들은 마취가 잘 안 듣기도 해. 아니면 뇌가 깨어 있도록 조종하고 있던가. 흩어져! 저놈은 나를 노릴 거야!"

디안의 질문에 라소미는 재빨리 대답하더니, 디안과 태서를 양옆으로 밀쳤다. 그리고 백팩을 벗어 앞으로 들었다. 뭘 하려는 건지 알 수 없었지만, 디안은 옆으로 비켜섰다. 그리고 뒤를 돌았다. 그러자마자 앞서 걸어온 흰 고양이 한 마리가 휙 뛰어올랐다.

"허억!"

디안은 숨이 턱 막혔다. 재빨리 피하긴 했지만, 연이어서 또 다른 고양이가 달려들었다. 한 손으로 쳐내고 옆으로 피했지만, 고양이는 또 뛰어올랐고 어떤 녀석은 바짓가랑이를 물었다. 또 몇 놈은 등으로 기어올랐다. 몸을 털고 팔다리를 휘둘러도 소용이 없었다.

"으아아악!"

소리를 지르며 버둥거렸지만, 고양이는 끊임없이 달려들었다. 힐끗 보니, 태서도 마찬가지였다. 고양이를 주먹으로 때리고 한 녀석은 뒷다리를 잡아 던지기도 했다. 하지만 계속 달려드는 고양이를 어쩔 수가 없었다.

더 큰 문제는 샤오린이었다. 놈은 어느새 라소미에게 달려들어 쓰러뜨렸고, 날카로운 송곳니를 보이고 그르렁거리며 위협했다. 라소미는 가방으로 놈의 주둥이를 막았지만, 그 외에는 별다른 수가 없어 보였다. 자빠진 채로 라소미는 버둥거렸다. 일촉즉발이었다. 여차하면 놈의 날카로운 이빨에 팔이든 어깨든 물리고 말 것 같았다.

그때, 라소미가 소리쳤다.

"도망쳐! 어서 밖으로 나가!"

생각 같아서는 그러고 싶었다. 하지만 방법이 없었다. 어디로 가

든 고양이가 쫓아왔다. 물론 라소미를 혼자 두고 도망칠 수도 없었
다. 고양이 하나가 훌쩍 뛰어오르더니 디안의 뺨을 훅 갈겼다.

"아아아악!"

디안은 비명을 질렀다. 그리고 뒤로 넘어졌다. 그러자마자 고양
이들이 한꺼번에 디안의 몸 위로 달려들었다. 놈들은 팔과 다리,
어깨를 물어뜯었고 여기저기를 할퀴었다. 디안은 양손으로 얼굴
을 감싼 채 몸을 오므렸다.

아, 이러다가 죽는 게 아닐까, 싶은 생각이 들었다. 그런데 얼마
쯤 시간이 지났을까. 격하게 물어뜯는 고양이들을 피해 이리저리
뒹굴며 일어나려 애쓰고 있는데 갑자기 개 짖는 소리가 들렸다. 동
시에 고양이가 한둘씩 떨어져 나갔다.

"컹, 컹컹!"

샤오린이 짖는 소리가 아니었다. 디안은 온몸을 이리저리 뒤척
인 다음, 겨우 일어났다. 그리고 두리번거렸다. 아, 문 쪽에서 칸이
달려오고 있었다.

"칸!"

디안은 반사적으로 소리쳐 불렀고, 칸은 덤벼드는 고양이를 물
어서 패대기치고, 또 발로 차고는 디안을 향해 뛰었다. 디안은 샤
오린 쪽으로 한 번 더 소리쳤다.

"칸! 이쪽이야!"

칸은 고양이가 달려들든 말든 뛰어와 라소미를 몰아붙이고 있

는 샤오린을 향해 달려들었다. 덩치는 샤오린이 조금 더 컸지만, 칸은 재빨리 목 아래를 파고들었다. 둘은 거칠게 바닥에 뒹굴었다. 고양이들이 일제히 달려들어 샤오린을 도왔다. 무슨 개미 떼처럼 칸을 향해 달려들었다. 그러나 칸은 오로지 샤오린의 목덜미만 물고 흔들었다.

고양이가


우리를


지배한다면...

　시간이 조금 걸리긴 했지만, 결국 샤오린은 칸의 단 한 번의 끈질긴 공격에 사지를 늘어뜨렸다. 뒤미쳐 고양이들이 온몸으로 달려들어 물어뜯고 덤볐지만, 칸은 한 마리씩 목덜미와 허리를 물어 쓰러뜨렸다. 이어 라소미가 마취총을 쏘았다.

　결국 멀쩡한 고양이 예닐곱 마리가 남았을 때, 놈들은 공격을 멈추고 물러났다. 저희 스스로 그런 건지, 누군가의 명령을 받은 것인지 알 수는 없었지만, 놈들은 빠르게 시야에서 사라졌다.

　"칸! 괜찮아? 어떻게 된 거야? 응?"

　디안은 달려가 칸을 안았다. 온몸 여기저기가 축축했다. 곳곳에 피를 흘리고 있었다. 디안은 한참 동안 칸을 끌어안고 쓰다듬었다. 입속으로 '고마워'를 몇 번이나 주억거렸다.

　"서둘러야 할 것 같아. 또 뭐가 나타날지 모르잖아."

"그래. 태서 말이 맞아. 저것 봐."

태서와 라소미가 연이어 말했다. 디안은 라소미가 가리키고 있는 모니터를 바라보았다. 또 다른 글이 깜박였다.

라소미 연구원은 자사의 규칙을 위반하였습니다.
이 시간 이후로 연구원 자격을 박탈하며 당장 애니 케어
센터에서 퇴거하기를 바랍니다.
퇴거에 불응하면 무단 침입으로 간주합니다.
당장 퇴거하십시오. 경고합니다.

"바람둥이 암고양이 새끼가!"

라소미는 모니터에 손가락 욕을 해 댔다. 정말로 고양이 짓이라고 믿는 것 같았다. 하지만 디안은 여전히 믿기지 않았다. 라소미는 고개를 저으며 에스컬레이터 쪽으로 향하는 라소미를 따랐다.

2층까지 올라갔을 때, 3층으로 올라가는 에스컬레이터 위편 모니터가 또 다른 글로 깜빡였다.

정지하십시오.
경고를 어길 시 모든 수단을 동원하여 강제 퇴거시킬 것이며,
그 과정에서 발생하는 불상사에 대해서는 책임지지
않습니다.

"쳇! 그래 보던가!"

라소미는 코웃음을 치며 마취총을 모니터에 쏘는 시늉을 했다. 그러더니 3층으로 올랐다. 디안은 라소미가 참 재밌는 언니란 생각이 들었다. 태서도 그런 생각을 했는지 고개를 갸웃거렸다. 디안은 앞의 한쪽 다리를 절뚝거리는 칸의 머리를 쓰다듬으면서 조심스레 사방을 돌아보며 걸었다.

5층에서 6층으로 오르는 에스컬레이터 위편 모니터에 또 다른 글이 나타났다.

애니 케어 센터를 무단 침입한 외부인들에게 경고합니다.
지금 즉시 이 건물을 떠나십시오. 이를 어길 시 모든 수단을 동원하여 저지할 것입니다.
애니 케어 센터는 비밀과 안전을 위하여 외부인의 출입을 엄격히 금지하고 있습니다.
이를 위반하는 자에 대해서는 어떠한 보호조치도 취하지 않을 것입니다.
마지막으로 경고합니다. 당장 정지하십시오.

그걸 본 라소미가 외쳤다.

"시끄러워! 숨어서 조잘대지 말고 나와서 말로 해! 나타나서 말로 하란 말이야!"

소리는 케어 센터 여기저기에 부딪히고 메아리처럼 돌아왔다.

그런데 정말 그 말을 알아들은 것일까. 이번에는 말소리가 흘러나왔다.

"알려드립니다. 애니 케어 센터는 일반인의 출입을 엄격하게 금지하고 있습니다. 여러 차례 경고한 바와 같이 무단 침입한 당사자들은 지금이라도 늦지 않았으니, 1층으로 내려가 건물 밖으로 나가 주시기를 바랍니다. 아울러 애니 케어 센터는 여러분의 무단 침입으로 발생할 수 있는 위험 요인에 대비하기 위해 비상 방어 시스템을 가동합니다."

인공지능이 만들어 낸 목소리였다. 카랑카랑하고 또렷한 발음이었지만, 왠지 모르게 쇳소리가 섞여 있었다. 그러거나 말거나 라소미는 7층을 지나 8층으로 향했다. 그리고 10층에 이르러 잠시 멈추었다.

"저기야! 애니 케어 센터의 통제실이야. 스파이더 룸이라고 부르지."

라소미의 손끝이 가리키는 곳에 커다란 쟁반 같은 구조물이 눈에 들어왔다. 말 그대로 커다랗고 투명한 원통이 한가운데 떠 있고, 사방 여덟 곳에 구름다리 통로가 놓여 있었다. 얼핏 보니 구름다리 때문에 거미 모양처럼 보이기도 했다. 사방은 어둑한데, 오로지 스파이더 룸만 환했다. 그러나 그 안에 아무도 보이지 않았다.

그런데 문제는 그 주변이었다. 위로 오르는 에스컬레이터 계단곳곳에, 그리고 구름다리 통로 위에 거뭇한 무언가가 보였다.

아!

또 고양이였다. 놈들은 마치 숨어서 이쪽을 엿보듯 난간 안쪽에, 기둥 뒤에서 붉은 눈을 반짝거리고 있었다.

"지긋지긋해. 고양이들! 인제 그만두지 못해!"

라소미가 짜증을 내는 듯하다가 별안간 소리를 질렀다. 그 소리가 사방으로 퍼져나갔고, 곧 메아리로 되돌아왔다. 그리고 바로 그 직후였다. 마치 라소미의 목소리를 알아들은 듯 다시 인공지능 목소리가 들렸다.

"알려 드립니다. 애니 케어 센터 12층은 일반인은 물론, 애니 포털 직원 중에서도 최소한 B급 출입 코드가 부여된 직원만 출입할 수 있는 통제구역입니다. 통제구역에 근접한 외부인들께서는 지금 즉시 건물 밖으로 퇴거를 부탁드립니다. 이를 어길 시 시스템 방어 매뉴얼에 따라 강제 퇴거 조치를⋯."

"거짓말하지 마! 그런 매뉴얼이 어딨어! 도대체 넌 누구야? 정체를 밝혀!"

인공지능의 말이 채 끝나기도 전에, 라소미가 다시 소리쳤다. 그러면서 몇 계단 더 올라갔다. 이어 곧바로 인공지능이 대꾸했다.

"애니 케어 센터는 정숙이 필요한 곳입니다. 소란을 피울 수 없습니다. 외부인들께서는 조용히 퇴거 명령에 응하시기를 바랍니다."

"이 새끼야! 나 몰라? 나 라소미야! A급 출입 코드 A-386RS-21."

"라소미 연구원은 2081년 6월 27일 오후 5시 45분부로 직위 해제됨과 동시에 A급 출입 코드 역시 박탈되셨습니다. 향후 적법한 절차에 따라 해직 처리될 것입니다."

"너 누구냐고? 네가 뭔데 멋대로 내 출입 코드를 박탈한다는 거야? 응?"

"라소미 님은 해당 업무에서 무단이탈하였으며, 또한 외부인의 무단 침입을 방조하였고, 아울러 자사의 기물을 여러 차례 파손하였습니다. 이에 대해서는, 차후 회사의 규정에 따라 처벌될 것입니다."

라소미의 거듭된 물음에도 인공지능은 엇비슷한 말을 반복할 뿐이었다. 그러자 그녀는 한 번 더 소리쳤다.

"누구냐고! 응? 너 누구냐고?"

그러더니 다시 에스컬레이터의 계단을 올라가기 시작했다. 그런데 바로 그때, 갑자기 에스컬레이터가 작동하기 시작했다. 그 바람에 디안은 비틀거렸고, 태서는 아예 주저앉았다. 예닐곱 계단 위에 서 있던 라소미는 뒤로 넘어지는 듯하다가 중심을 잡고 앞으로 쭉 밀려 올라갔다. 그리고 거의 동시에 위쪽 곳곳에 숨은 듯 도사리고 있던 고양이들이 이편을 향해 뛰어내리기 시작했다.

디안은 태서와 함께 낙하하는 고양이를 피하느라 뒤뚱거려야 했다. 더구나 에스컬레이터가 움직이고 있어서 균형을 잡기가 힘들었다. 그런데 어딘가 좀 이상했다. 어떤 고양이는 바닥에 떨어지더라도 다시 뛰어와 달려드는데, 어떤 고양이는 그냥 떨어지고 나면 그만이었다. 가만히 살펴보니 이미 다친 고양이였다.

"저, 저게 뭐야? 어떻게 된 거야?"

"다친 고양이도 누군가의 명령에 따라 움직이는 것 같아."

디안이 얼결에 내뱉은 질문에 태서가 대꾸했다. 아닌 게 아니라, 이미 얼굴에 잔뜩 피가 묻은 흰 고양이도 있었고, 제대로 낙법을 구사하지 못하는 고양이도 있었다. 그런 녀석들은 그냥 계단에, 혹은 난간에 부딪혀 아래로 떨어지곤 했다.

"이런 미친놈!"

디안은 자신도 모르게 누구에게랄 것도 없이 소리를 높였다. 도대체 누가 이런 짓을 하고 있는지 부아가 치밀었다. 멀쩡한 고양이보다 다친 고양이가 많아서 12층까지 오르는 데는 어렵지 않았지만, 떨어진 고양이 상당수는 그대로 떨어져 온몸을 파르르 떨고는 바닥에 나자빠졌다.

"다 왔어."

라소미가 구름다리를 앞에 두고 말했다. 건너편에 스파이더 룸이 보였다. 환하게 밝혀진 스파이더 룸은 마치 무균실을 연상케 하듯 아주 깨끗해 보였다. 한가운데 크고 굵은 원형 타워를 중심으로 그 둘레에 수많은 모니터가 위아래로 놓여 있었다. 벽면 쪽은 모두 유리창이었고 서쪽에서 햇볕이 쏟아져 들어오고 있었다.

"…?"

디안은 자신도 모르게 고개를 갸웃거렸다. 그런데 그때였다. 구름다리 건너편, 스파이더 룸 안으로 들어가는 출입구 앞에 무언가가 나타났다.

아!

고양이였다. 몸통 전체가 검고, 한쪽 귀만 흰색인 고양이였다.

"로빈…. 정말 너였어?"

라소미가 허탈한 목소리로 중얼거리듯 입을 열었다. 그러자 태서가 곧바로 되물었다.

"정말 저 고양이가 이 모든 일을 벌였단 말이에요?"

태서의 물음에 라소미는 천천히 고개를 끄덕였다.

"설마 했는데…."

"그럼 전염병은요? 그걸로 사람이 죽었잖아요."

"내 추측이지만, 전염병이 퍼졌고, 사람이 죽은 것도 사실이야. 하지만 전염병은 진작에 소멸되었어. 로빈이 그 소란스러운 틈을 이용한 것뿐이야. 그래서 사람들은 이 모든 엄청난 일이 전염병 때문에 발생한 걸로 믿고 있는 거야. 우리가 속았어."

라소미가 고래를 내저으며 말했다. 문득 그 순간, 자신도 감염 동물에게 물렸는데, 전염병 증세가 나타나지 않은 이유를 알 것 같았다. 그러나 선뜻 고개를 끄덕일 수가 없었다. 그냥 저 녀석은 고양이일 뿐이고, 그 뒤에서 누군가가 거짓말처럼 나올 것만 같았다.

"아니에요. 누군가 있을 거예요!"

디안이 외쳤지만, 한동안 시간이 지나도 그 뒤에서는 아무도 나타나지 않았다.

"로빈!"

라소미는 소리를 높였고 구름다리를 건너기 시작했다. 그러자 잠시 지켜보고 있던 로빈이 일어나더니 다시 문 안으로 들어갔다. 동시에 라소미가 뛰었다. 디안은 얼결에 따라서 뛰었고, 급히 구름다리를 건너갔다.

"정말 저 고양이 한 마리가 저지른 짓 맞아요?"

스파이더 룸에 들어서자마자 태서가 반복해서 물었다.

"토탈 랩을 통제할 수만 있다면…. 안타깝게도 이미 녀석은 그 방법을 터득한 것 같아."

라소미는 턱짓으로, 스파이더 룸의 한가운데를 가리키며 말했다. 원형 타워를 둘러싼 수많은 기계 장치와 모니터를 말하는 것 같았다. 그쪽에 로빈이 고개를 이쪽으로 돌린 채 모니터와 모니터 사이를 찬찬히 걷고 있었다.

아, 이젠 정말 인정해야 하는 걸까. 로빈이 이 모든 일을 꾸몄다고?

"그럼, 어떻게 해야 해요?"

"목걸이…. 저걸 빼앗아야 해."

태서의 질문에 라소미가 마취총을 들며 말했다. 그러고 보니 로빈의 목에 초록빛 구슬 같은 것이 반짝이고 있었다.

"저게 뭔데요?"

"말했잖아. 중앙 통제 시스템 키 같은 거야."

"그런 걸 어떻게 고양이가 가지고 있어요?"

"소장님이 가진 걸 빼앗았을 거야."

"하아!"

여전히 모든 일이 장난 같았고, 믿을 수 없었지만, 그런 일이 눈앞에서 벌어지고 있다는 사실이 어이가 없었다. 디안은 어찌해야 좋을지 몰라서 찬찬히 움직이는 고양이만 쳐다보았다.

그때 라소미가 로빈을 향해 외쳤다.

"당장 그만둬! 어떻게 이런 끔찍한 일을 저지를 수 있지? 넌 괴물이야!"

아까도 그랬지만, 지금도 라소미가 고양이와 대화를 시도하고 있다는 사실이 너무나 현실감이 없었다. 그럴 리 없다고 믿고 싶었지만, 그런 생각을 비웃듯, 로빈이 아니 인공지능 목소리가 대답했다.

"라소미 연구원님, 모든 것은 애니 포털의 동물실험실에서 시작되었습니다. 바이러스도, 나의 지금 모습도….."

인공지능 목소리가 스파이더 룸 전체를 울렸다. 동시에 로빈은 수많은 작은 불빛이 반짝거리는 기계 장치 위로 뛰어올랐다.

"야아아아아옹!"

이상한 생각이 들었다. 서늘한 느낌이 감돌고 있다고 생각할 즈음 오른편 구름다리 쪽에서 무언가 다가오고 있었다. 아니 왼쪽 구름다리 쪽에서도, 그리고 뒤편 구름다리 쪽에서도. 동시에 인공지능 목소리가, 아니 로빈의 목소리가 이어졌다. 씨-크리처였다.

"… 그리고 진짜 괴물을 만든 것도 당신들이지요."

말 그대로 괴물, 아니 괴수였다. 악어처럼 날카로운 이빨이 촘촘히 박힌 기다란 주둥이를 가진 개, 갑각류의 몸체를 가진 여우, 맹금류의 뾰족한 부리를 달고 있는 고양이….

"컹컹! 커컹! 컹!"

괴수들을 본 칸이 제일 먼저 거칠게 짖어 댔다. 디안은 앞으로 달려 나가려는 칸을 진정시키고 멍하니 괴수들을 쳐다보았다. 그리고 아까 실험실에서 보았던 기괴한 동물들을 떠올렸다. 동시에 깨진 인큐베이터도 생각났다. 이 실험동물들을 활성화시키라고 명령하던 로빈의 목소리까지.

"저, 저것들…. 정말 언니가 만든 거예요?"

디안은 라소미를 향해 물었다.

"그, 그게…. 우린 인류에게 유익한 정보를 제공하기 위해서 다양한 동물을 실험했…. 그래, 가끔은 과학자들이 호기심에서 이런저런…."

라소미는 벌게진 얼굴로 변명하듯 말했다. 하지만 그 모습을 보자 디안은 더 화가 났다.

"도대체 당신들 이곳에서 무슨 짓을 한 거예요?"

"하지만 난 아니야. 내가 한 게 아니야. 다른 과학자들이…. 난 이런 실험은 반대했어. 소장님에게도 안 된다고 말했다고. 정말이야….”

라소미는 두 손을 홰홰 내저었다. 그러는 중에도 사방에서 기괴한 동물들이 찬찬히 다가오고 있었다. 그 틈에 로빈이 말했다.

"라소미 연구원님, 나는 당신의 손에 의해 태어났습니다. 내 몸에 적어도 열일곱 종류의 다양한 약물과 호르몬 주사를 직접 주사한 것도 당신이고, 겨우 실험체에서 벗어나 자유를 얻었을 때, 다시 나의 뇌를 가르고 프로세서를 주입한 것도 당신입니다. 당신은 나를 만들기 위해서 스물일곱 번, 그중에서 열여덟 번은 마취도 하지 않고 생살을 찢었습니다. 그리고 당신의 동료들은 저 괴물들을 탄생시키기 위해서 수없이 많은 동물을 죽였습니다. 그 사체를 사료로 만들어 우리에게 먹게 했고요. 맞습니다. 바이러스도 당신들이 만들었고, 그 대가도 당신들이 치르고 있는 것입니다.”

"아니야, 난….”

라소미는 고개를 저었다. 그때, 디안이 나섰다.

"그래도 이건 안 돼! 너무나 많은 사람과 동물이 희생되었어. 그만해야 해.”

"외부 침입자에게 여러 차례 경고했습니다. 하지만 경고를 무시했고, 무단으로 케어 센터까지 침입했습니다. 이 또한 대가를 치러야 합니다.”

"안 돼! 이런 식의 복수는 옳지 않아. 그만해. 로빈, 너도 한때는 우리와 함께 살던…."

"침입자에게 다시 경고합니다. 지금이라도 케어 센터에서 퇴거한다면 생명에는 지장이 없도록 처리하겠습니다."

디안의 말에 로빈이 딱딱한 목소리로 되받았다. 그 말에 디안은 어쩔 줄을 몰랐다. 이번에는 태서가 나섰다.

"도대체 이러는 이유가 뭔데? 이렇게 해서 얻고자 하는 게 뭐냐고?"

"우리는 평화를 원합니다. 인간들의 폭력과 횡포에서 벗어나 우리만의 세상을 만들고자 합니다. 따라서 열두 시간 이내에 모든 인간은 장산시에서 떠나야 합니다."

"안 돼! 너희가 멈추지 않으면 더 많은 동물이 희생돼."

"정부 당국에서 무슨 조처를 하려는지 우리도 알고 있습니다. 하지만 우리는 살아남을 것입니다. 우리는 자신을 스스로 포기하지 않을 것입니다."

그 순간, 잘못 본 것인지도 모르지만, 로빈의 목걸이에서 초록색 불빛이 깜빡였다. 그리고 다음 순간, 사방에서 한둘씩 기어들어 온 동물들이 이쪽을 향해 움직이기 시작했다.

"빠져나가야 해!"

라소미가 서둘러 사방을 두리번거렸다. 그리고 들어온 쪽과 반대편 구름다리를 향해 뛰어갔다. 일단 따라서 뛰었다. 입구 위쪽에 NS라는 글자가 반짝거렸다. 하지만 그쪽 입구에도 이미 괴수가 앞을 막았다. 얼핏 늑대를 닮았는데, 주둥이가 훨씬 길쭉했고, 크게 벌린 입속에는 송곳니가 촘촘하게 박혀 있었다. 침을 질질 흘리고 있었으며 눈빛이 유독 붉었다. 그 뒤에는 갑각류 몸체를 가진 여우가 도사리고 있었다.

라소미는 앞으로 나섰다. 그리고 다가오는 괴수를 향해 마취총을 쏘았다. 다행히 앞쪽 괴수는 몇 걸음 앞으로 다가오다가 옆으로 픽 쓰러졌다. 하지만 다음이 문제였다. 뒤이어 달려오는 여우를 향해서 다시 마취총을 쏘았지만, 탄환이 딱딱한 등에 맞더니 그대로 튕겨 나갔다.

여우는 한 번에 훅 뛰어올랐다.

"으악!"

디안은 자신도 모르게 소리를 질렀고, 바로 옆에 있던 칸이 뛰어나갔다. 칸이 한발 빨랐다. 처음엔 서로 엉켜 뒹구는 듯하더니, 잠시 후 칸이 앞발로 여우의 아랫배를 누르고 가슴팍을 물었다. 그러자 여우는 깨갱거리며 발버둥 쳤고 칸이 더 힘주어 물자 사지를 늘어뜨렸다.

"가자!"

그러나 디안은 선뜻 걸음이 떼어지지 않았다. 지금 달아나면 모든 게 해결되는 걸까? 장산시에 남은 사람들은? 그리고 야생동물과 로빈의 명령을 받는 동물들은? 그런 생각 때문에 디안은 문 앞에서 멈추었다.

"언니, 이렇게 달아나는 게 맞아요?"

그 말에 태서가 함께 걸음을 멈추었다. 하지만 라소미는 디안이 무어라고 떠들거나 말거나 거칠게 디안과 태서를 구름다리 쪽으로 밀쳐 냈다. 그러더니 재빨리 문을 잠갔다.

"언니, 뭐 하는 거예요?"

"어서 가! 시간을 벌어 볼게. 할 수 있으면 로빈도 설득해 볼게."

"언니!"

"미안해. 다 우리, 아니 내가 잘못했어. 지금 할 수 있는 일이 이것밖에 없어서, 그것도 미안해. 공연히 너희까지 죽게 놔둘 수는 없어."

"안 돼요. 이러지 말아요."

디안이 외쳤고, 칸도 옆에서 크게 짖어 댔다. 하지만 라소미는 고개를 저었다. 그러면서 태서에게 말했다.

"태서, 뭐 해? 어서 디안을 데려가! 네가 오빠잖아."

그 말에 태서는 이러지도 저러지도 못하고 디안의 눈치를 보았다. 하지만 거듭 재촉하자 디안의 손목을 잡아 이끌었다.

"가자, 디안!"

디안은 버텼으나, 힘은 태서가 조금 더 셌다. 어쩔 수 없이 디안은 끌려갔다.

하지만 디안은 채 열댓 걸음도 달리지 못했다. 구름다리를 다 건너기도 전, 맞은편에서 또 다른 씨-크리처가 달려오고 있었다. 괴수는 아니었다. 잔뜩 화가 난 원숭이 몇 마리와 그 뒤편으로 개와 고양이도 있었다. 디안은 뒤로 물러났다. 한 걸음씩 뒤로 걸었다.

그때였다. 원숭이들이 끽끽 소리를 내면서 뛰어왔다. 동시에 칸이 뛰어나갔다. 원숭이 세 마리는 미친 듯이 칸을 붙들고 늘어졌다. 좁은 구름다리 위에서 넷은 뒤엉켜 싸웠다. 그러다가 원숭이 한 마리가 구름다리 아래로 떨어졌고…. 그런가 싶었는데 뒤에 있던 개와 고양이 들이 이쪽을 향해 달려왔다.

아까처럼 개와 고양이는 한꺼번에 달려들어 다리와 허벅지를 물었고, 어떤 녀석은 머리 위로 기어올랐다. 놈들을 떼어 내기 위해서 디안은 이리저리 몸부림쳤다. 태서는 소리를 지르며 녀석들을 떼어 내 이리저리 던졌다. 그 바람에 몇 마리의 개와 고양이가 구름다리 아래로 떨어졌다.

그리고 다음 순간, 고양이 한 마리가 거칠게 디안의 얼굴을 할퀴었다. 뒤미처 거칠게 울더니 한쪽 귀를 물어뜯었다.

"아악!"

디안은 비명을 질렀고, 그러면서 비틀거렸다. 그러다가 구름다리 난간 너머로 몸이 밀려 나갔다.

"안 돼!"

태서가 재빨리 디안의 팔을 붙잡았다.

"디안! 다른 한 손으로 난간을 잡아!"

태서가 소리쳤다. 하지만 그 한쪽 팔에는 고양이 한 마리가 매달려 있었다. 아무리 용을 써도 고양이는 떨어져 나가지 않았다.

"아, 안 돼…."

디안은 이를 악물고 바둥거려 보았지만, 할 수가 없었다. 그리고 그때, 태서가 붙잡고 있던 팔에 조금씩 힘이 빠지는 게 느껴졌다. 그도 그럴 것이, 개와 고양이가 태서의 온몸에 달려들어 물어뜯고 있었기 때문이다.

'엄마!'

디안은 자신도 모르게 나지막이 소리를 냈다.

"디안!"

태서가 소리쳤지만, 그것 외에는 할 수 있는 게 없었다. 디안은 발아래를 내려다보았다. 아득했다. 그런데 그 순간, 목을 헤치고 나온 베르사가 눈에 띄었다. 디안은 안간힘을 써서 베르사를 입에 물었다. 그리고 있는 힘껏 불었다.

"휘이이이, 휘이이이, 휘이잇! 휘이!"

엄마 도와주세요. 제발 저에게 힘을 주세요. 간절히 기도하면서 눈을 감았다. 그리고 한편으로는 태서의 손을 더 힘주어 붙잡았다. 설사 태서가 손을 놓더라도, 디안은 그의 손을 놓지 않을 작정이었다.

"디안, 조금만 더 버텨! 디안!"

태서가 연신 소리를 지르고 있었다. 그러나 소리는 점점 더 작아지기만 했다. 그럴수록 디안은 더 힘껏 베르사를 불었다.

"휘이이, 휘리리리, 횟횟!"

소리는 어디론가 자꾸만 퍼져나갔다.

에필로그:

초기화가

필요 합니다

얼마나 시간이 지났는지 알 수 없었다. 태서와 맞잡은 손에 더이상 힘을 줄 수 없어서 디안은 자신도 모르게 가만히 손을 놓았다. 그런데 태서가 손을 더 꽉 잡았다. 그러더니 힘껏 끌어올렸다. 그제야 디안은 베르사를 입에 문 채 위쪽을 쳐다보았다.

"디안, 어서 올라와. 힘을 내!"

태서가 소리치며 두 손으로 디안을 끌어당겼다. 어찌 된 일일까.

태서의 몸에 달라붙었던 개와 고양이가 보이지 않았다. 이상한 생각이 들었다. 하지만 디안은 구름다리 위로 다시 올라간 다음, 그 이유를 금세 알아챘다. 야생동물들이 씨-크리처와 맞서고 있었다.

'아!'

디안은 자신도 모르게 낮은 숨을 내쉬었다. 그 때문이었을까. 디안은 베르사를 입에서 놓을 수가 없었다. 무슨 노래라도 연주하듯 계속 소리를 냈다.

"휘힛! 휘리릿! 휘릿! 휘이이!"

그리고 그때, 라소미가 생각났다. 얼른 스파이더 룸 쪽으로 다시 걸어갔다. 순간 디안은 놀라고 말았다. 스파이더 룸의 사방 유리창이 깨지고 온갖 새들이 날아들고 있었다. 새들은 어느새 달려온 야생동물과 함께 스파이더 룸 안의 씨-크리처와 뒤엉켜 있었다. 그뿐만이 아니었다. 태서가 말했다.

"디안, 저길 좀 봐! 글래드야!"

그러고 보니 동물들 사이로 훤칠한 키의 글래드가 보였다. 어떻게 여기까지 올라왔을까, 싶은데 녀석도 뒷발을 펄떡이며 씨-크리처와 맞섰다. 디안은 그럴 때가 아님에도 공연히 웃음이 났다.

그때 한마디 외침이 들렸다.

"디안, 로빈을 찾아야 해! 목걸이를 빼앗아!"

순간 정신이 번쩍 들었다. 디안은 토탈 랩 쪽을 두리번거렸다. 로빈이 보이지 않았다. 디안은 토탈 랩 이곳저곳을 살폈다. 그때, 작은 서랍을 수십 개 쌓아 놓은 듯한 기계 장치 위에 검은 고양이 한 마리가 보였다. 디안은 재빨리 달려갔다. 그러자 눈치를 챘는지 로빈도 달아났다. 기계 장치와 모니터 사이를 이리저리 뛰었다.

그러는 중에도 씨-크리처와 야생동물들의 싸움은 거칠게 계속되었다. 사방에서 깃털이 날리고 동물의 비명이 들렸다. 어느 쪽에

선가 피 냄새가 짙게 코를 눌렀다. 서둘러야 했다.

디안은 토탈 랩 위로 올라갔다. 그리고 모니터 뒤를 살피고 기계 장치 사이를 엿보았다. 그때, 황조롱이 한 마리에게 몸통을 붙잡힌 로빈을 발견했다. 로빈은 앞발을 버둥거리며 버티고 있었지만, 황조롱이의 날카로운 두 발에 목덜미를 붙잡힌 채 어쩌지 못하고 있었다.

디안은 재빨리 달려갔다. 그리고 로빈의 목에 걸려 있는 목걸이를 낚아챘다. 그리고 라소미를 향해 외쳤다.

"목걸이를 찾았어요!"

"토탈 랩 코어 박스를 찾아. 빨간 램프 세 개가 동시에 반짝이고 있는 기계 장치야. 그 아래쪽에 보면 목걸이를 꽂을 수 있는 홀이 있을 거야."

라소미가 재빨리 대답했다. 그러고 보니 초록빛을 냈던 로빈의 목걸이는 옛날에 쓰던 USB 저장장치와 닮아 있었다.

디안은 두리번거렸다. 코어 박스를 찾는 일은 어렵지 않았다. 가장 위쪽, 작은 탑처럼 생긴 기계였는데, 한가운데에서 빨간 램프 세 개가 반짝거리고 있었다. 디안은 책상을 밟고 올라갔다. 램프 아래쪽에 홀이 보였다. 디안은 로빈의 목걸이를 재빨리 그 안으로 밀어 넣었다.

그러자마자 토탈 랩 안의 모든 모니터에 빨간 글씨가 깜빡거렸다.

씨-크리처의 행동이 눈에 띄게 무뎌졌다. 야생동물과 맞서 싸우던 놈들은 하나둘씩 꼬리를 내리고 달아났다. 어떤 놈들은 당황한 눈빛으로 구석을 찾아 몸을 웅크리기도 했다.

"디안, 괜찮아? 태서는?"

라소미가 달려왔다. 디안은 고개를 끄덕였다. 모두 꼴은 엉망이었지만, 크게 다치거나 몸이 상한 것 같지는 않았다. 라소미는 안도의 숨을 내쉬며 사방을 두리번거렸다. 그러더니 코어 박스 쪽으로 걸어갔다. 이유는 알 수 없었지만, 라소미는 마취총으로 코어 박스를 내리치고 발로 걸어찼다. 그러자 잠시 후, 코어 박스에서 연기가 일어났다. 동시에 모니터에 또 다른 글자가 깜박거렸다.



"이제 끝났어. 그런데 로빈은?"

라소미가 돌아와 물었다. 그 바람에 디안은 반사적으로 사방을 돌아보았다. 아직 많은 동물이 스파이더 룸 안에 모여 있었다. 디안은 그들 사이를 헤쳐서 빈을 찾았다.

"디안! 라소미 누나!"

저편에서 태서가 불렀다. 얼른 달려가 보니, 태서가 한쪽 출구 쪽을 가리켰다. 문 위에 N자가 깜박거리고 있었다. 로빈은 그 출구 밖 구름다리 위에 앉아 있었다.

"로빈, 이리 와! 내가 잘못했어. 로빈!"

그러나 왜일까. 로빈은 이쪽을 잠시 쳐다보는 듯하더니 재빨리 구름다리 난간 위로 올라갔다. 그때 라소미가 앞으로 나섰다. 그러더니 재빨리 마취총을 쏘았다. 탄환은 로빈의 목덜미를 정확히 맞추었다. 로빈은 난간 위에서 비틀거리는 듯싶더니, 야옹 소리를 한 번 내고는 아래로 떨어져 내렸다.

"미안해, 로빈!"

라소미는 중얼거리듯 말했다. 그리고 돌아서서 디안과 태서에게 말했다.

"죽었을 거야. 이제 다 끝났어."

그 말에 디안은 얼결에 고개를 끄덕였다. 그러자마자 라소미가 한마디 더 했다.

"어서 아빠에게 연락드려."

그리고 라소미는 깨진 유리창 앞으로 다가갔다. 그쪽으로 아까 날아왔던 새들이 날아갔다. 동물들도 사방의 구름다리를 통해 흩어져 갔다. 칸만 곁에 남아서 천천히 꼬리를 흔들었고, 글래드는 한쪽 문 앞에서 서성거리고 있었다. 사방은 빠르게 더 고요해졌다. 그와 함께 어둠이 짙어졌다. 그 어둠 속 어딘가에서 고양이의 울음소리가 들렸다.

"냐아아아아옹!"

그때 디안은 깨달았다. 사람과 동물 사이의 평화를 먼저 깬 것은 우리였음을….

　정말 고양이가 우리를 지배할 수 있을까요?

　이 이야기는 흔한 판타지도 아니고, 고양지 집사들의 이야기도 아닙니다. 정말로 고양이가 우리를 지배하는 세상에 관한 이야기입니다. 놀랍게도 단 한 마리의 고양이가 도시를 파괴하고 인간을 위험에 빠뜨리는 이야기지요.

　물론 그 모든 것은, 역설적이게도 우리 인간들의 사소한 행위에서 비롯되었습니다.

　AI 시대가 가속화함으로써 그 이전에는 불가능하게 보이던 일들이 현실화했습니다. AI는 우리가 질문하는 모든 것에 답하고, 그림을 그리기도 하며, 사람이 하던 일을 대신할 수도 있습니다. 세상은 어느 때보다 편리해졌고, 사람들은 이제 못 하는 것이 없는 듯합니다. 하지만 그렇다고 더 행복해지지는 않았습니다. 할 수 있는 것이 늘어날수록 욕심도 커졌으니까요. 결국 사람들은 과학이라는 이름으로 생명에 대한 존엄성마저 훼손했지요. 로빈은 이때 희생된 동물 중 하나입니다. 결국, 고양이가 세상을 지배하는 일은, 만화와 같은 상상력에서나 가능한 일이 아니라, 실제로 일어날 수도 있는 일이 되어 버렸지요. 그런 의미에서 로빈은 가해자가 아니라 희생자일지도 모릅니다.

이제 막 도시가 폐쇄되었습니다. 무엇이 우리를 가두었는지조차 알 수 없습니다. 이제 우리는 무엇을 해야 할까요? 이 해답을 찾아야 우리는 도시를 지키고, 우리 자신을 지킬 수 있습니다.